ギルドの受付嬢ですが、残業は嫌なのでボスをソロ討伐しようと思います 2

uketsukejou saikyou

[著] 香坂マト

[ill] がおう

1

グズでノロマ。そう言われ続けてきた。

勉強もできない。運動もできない。飲み込みも遅くて。

何をやっても人より下手で、誰かに必要とされたかった。いや、そんな何もできない自分だからこそ、誰かに必要とされることで自分には価値があると信じたかった。自信を持ちたかった。

だから回復役（ヒーラー）になった。

だって回復役（ヒーラー）は、「回復役（ヒーラー）」というだけで重宝され、求められた。

盾役（タンク）の陰から治癒光（ヒール）を打っているだけでよかった。

グズでノロマな自分でも、盾役（タンク）の後ろに隠れていれば誰にも迷惑をかけなかった。

簡単で、安全で、そのうえ必要とされる。

こんないい役割は無いと思った。

これなら自分でもできると思った。

私はズルい。

清い心で、他人を思いやり、仲間に癒やしを与える回復役（ヒーラー）……そんなイメージの裏側で、私はどこまでも小賢しく、どこまでも狡猾で、卑怯で、臆病者だ。

そんな汚い下心で、何の覚悟もなく、回復役になったのだ。

――そんなだから、仲間は死んだ。

2

アリナ・クローバーは、冒険者ギルドの受付嬢となって今年で三年目だ。

ベテランと言うには歴が浅いが、新人の枠はすでに過ぎ、仕事も手慣れてくる頃。

そんなアリナは、最近とある〝目標〟を掲げていた。それは、たとえ命を賭してでも実現しなければならない大事な大事な目標だ。

「それではいってらっしゃいませ！」

クエストカウンターに立つアリナは、クエスト受注を終えた冒険者をにこやかに見送った。

窓口が忙しい時は後回しにする受注書の事務処理も、その場でちゃちゃっと済ませてしまう。最後に記入事項に漏れがないか丁寧に確認し、受注書をまとめる場所に重ねた。

「ああ、平和だ……！」

大都市イフールでも最大規模を誇るクエスト受付所、イフール・カウンター。

そこにある五つの窓口の一つに立つアリナは満足げにつぶやいて、カウンターの向こうを見回した。

高い天井についた天窓から柔らかな陽光が差し込み、壁一面を使ったクエストボードを見る冒険者は、皆穏やかにクエストを選んでいた。壁時計の針は十二時を指し、昼休みを告げようとしている。午前の窓口業務はいたって平穏に終わろうとしていた。

「さーて、昼休みだー！」

町の時計塔が大きな昼の鐘を鳴らすと同時、アリナはうーんと伸びを一つした。他の窓口に立つ受付嬢も次々昼休憩に向かっていく。アリナも『午前の受付は終了しました』の札を置き、意気揚々とカウンターを離れようとした。

——その時だ。

「待った待った待ったぁ！」

大声をあげ、一人の大柄な冒険者がイフール・カウンターに飛び込んできた。

一瞬ぎょっとして、足を止めてしまった——それが後に、アリナの敗北の原因となる。

その冒険者は他の窓口には目もくれず、まっすぐアリナを見据えてカウンターに飛びついた。

「セーフ！　午前が終わる前に来れたわー！」

いやアウトですが……？

確かにアリナはまだカウンターに立っているが、もう午前の受付時間は確実に過ぎている。

しかし、〝俺の認識によると世界はまだ午前中です〟と言わんばかり、冒険者の男は何やら安堵(あんど)して一息つき、汗を拭って悪びれもなく言った。

「ちょっと急ぎで受注したいクエストがあってよ。昼休みになっちまうとどこも受けてくれねえんだが、アリナちゃんの窓口なら少し時間を過ぎても大丈夫と思ってすっ飛んできたのよ！

うん、よかったよかった！　それじゃクエスト受注頼むわ！」

うん、死んでよし。

凍りついた笑顔から思わず心の声がこぼれかける。すんででこらえつつも、確信犯とわかってアリナの胸中に凄まじい殺意が膨れ上がっていった。

奴はほんの数十分便宜を図ってもらうだけだと、お気軽な気持ちでこの愚行を犯しているのだろうが――はっきり言って、大犯罪である。

長い就業時間のなかの、貴重な貴重な自由時間。鬱陶しい人間関係から離れ心を解放できる天国の一時間。一分、いや一秒だって無駄にできないその時間を、犠牲にしろと言っているのだ。許されていいはずがない。

「……っ」

しかし、アリナは臍を噬むことしかできなかった。

セーフかと言われればアウトだが、じゃあ全く受け付けられないかと言われればそんなことはない、最悪なタイミング。せめて足を止めなければ、〝気づかなかった〟という言い訳ができたのに。

「……ええ、まだ大丈夫ですよ。受注するクエストをお選びください」

この言葉が、一体どれだけの善意と、どれだけの犠牲の上にひねり出されたものであるか、小一時間くらいかけてこの冒険者に叩き込んでやりたいところである。が、アリナは全てを呑み込んで作り笑顔を向けた。

こういう時、無下に突っぱねると後々面倒なクレームになりかねない。昼休憩のわずかな犠牲と、クレーム報告書を書かされ仕事が増大するリスクとを天秤にかけ——結局アリナは前者をとり、了承したのだった。

顔を見てすぐにわかったが、アリナの窓口によく並ぶ常連客の一人だった。奴の顔を心のブラックリストにぶち込んで、若干口元を引き攣らせながらこれも仕事だと言い聞かせた。

頭の隅を一瞬よぎるのは、必ずやり遂げると心に誓い、掲げた、〝とある目標〟だ。

そうだ、私にはあの目標がある。今は安易に余計な仕事を増やすわけにいかないのだ——

＊＊＊

「お昼は災難でしたね、アリナ先輩」

デスクで遅い昼休憩をとっていたアリナに声がかかった。

くりくりした黒目がちな瞳と元気よく揺れるツインテールが印象的な、可愛らしい少女だ。

アリナの二つ下の後輩で、今年入所したばかりの新人受付嬢、ライラである。

「……ほんと災難よ、まったく……」

むす、と大人気なく口をひん曲げながら、腹いせのように昼食のパンを頬張る。

　結局あだこうだと受注手続きが長引き、昼休憩の半分が犠牲になったのだった。アリナはいつも昼を外で過ごしているのだがそんな時間もなく、デスクでの昼食となったのだ。

「ギリギリで来る奴に限って、面倒な案件を抱えているの何なのかしらね……？　せっかくここ最近は残業もなくて平和だったのに……繁忙期でもないのになんで昼休みに仕事しなきゃいけないのよ……っ」

　ずごご……と殺意を立ち上らせるアリナを見て、ライラがぎょっとしたように目を丸くした。

「先輩、怒りで顔面が大変なことになってますよ……！　先輩は黙って立っていればめちゃくちゃ美人なんですから、この世の全男性の妄想をぶち壊すような魔物みたいな顔はやめてください……！」

「美人だろうが魔物だろうが神聖なる昼休みを穢された怒りは平等にある」

　頬張ったパンをもぐもぐごくんと飲み下して、ぎらりとアリナは顔を上げた。

　アリナもまた、冒険者の間では密かな人気を博す、美少女である。

　艶やかな長い黒髪に、大きな翡翠の瞳は愛らしく、柔らかできめ細やかな肌と華奢な体。黙って笑顔でいれば、思わず見惚れる十七歳の可憐な少女なのだ――

　がしかし、今やその表情は隠そうともしない憎悪に歪み、桜色の唇はひん曲がり、愛らしい翡翠の瞳を殺意にギラギラ光らせ、物々しい気配を滲ませていた。そのためせっかくの美少女が台無しなのであった。

「私の昼休みを潰しやがってクソ冒険者め……！　許すまじ……！　万死に値する……！」

「今のアリナ先輩には何を言っても無駄ですね……」

　せっかくの整った顔を隠そうともしない憤怒（ふんぬ）によって歪（ゆが）ませるアリナを見て、ライラが諦めてため息をつく。

「でも、突っぱねてもよかったんじゃないですか？」

「面倒な仕事が増える可能性は少しでも潰しておきたかったのよ」

　ふん、と鼻をならし、アリナは力強く拳を握りしめた。

「それもこれも、今年はどうしても達成しなければならない、〝ある目標〟のため……！」

「目標？　ですか？」

「そう――」

　ぎろ、とアリナは、無造作に壁に貼り付けられているチラシを睨（にら）みつけた。

　昼の理不尽な受注手続き中、怒りのあまり目を見開き続けたために充血しているお疲れ目だが、そのせいで一種凄（すさ）まじい気迫が宿っている。その目をさらにかっ開き、アリナは叫んだ。

「百年祭よッッ!!!!」

　多くの冒険者が訪れるイフール・カウンターの壁には、宣伝のため、様々なチラシが貼られている。その一つに一週間後に迫った祭りのチラシが貼られていた。

　百年祭。

大都市イフールが町を挙げて開催する、最大規模のお祭りだ。本来は、かつてこのヘルカシア大陸に存在していた〝先人〟を模倣し、彼らの研究の一環として行われていたものだったが、今は主に冒険者たちが馬鹿騒ぎするための口実と成り下がっている。

とはいえ、催される百年祭は例年その勢いを増し、イフールの名物の一つと言わしめるまでにのし上がった。三日三晩ぶっ通しで開催される祭りには町の外からも客が来るばかりか、〝人のいるとこ商機あり〟と、各地から腕利きの料理人や行商人、果ては大道芸人までもが集まり、ひしめき合うように露店を出すのだ。

その様はもはや先人の行っていたとされる、この地に遙か昔から伝わる〝神(ディア)〟に力を請う厳かな儀式の模倣など欠片も残っておらず、飲めや騒げやの一大イベントとなっている。

百年祭が近づくにつれ、にわかに町全体もそわそわしていた。そんな浮き足だった気配を感じながら、ぐ、と拳を握りしめ、アリナは悔しい胸の内を吐露した。

「去年も、一昨年も、残業に追われて百年祭に参加できなかった……！　祭り囃子を聞きながら一人でする残業は、どんなに辛かったか……！　もはや拷問に匹敵する痛みと怒り……！」

「まあ……そうですよね……あんまり想像したくないです……」

「今年こそは！　百年祭当日、定時帰りを死守するのよ！」

ずびしぃ！　と羽根ペンであさっての方角を指し示し、天を仰ぐその姿はさながら兵士を導き戦地に突撃する戦神のそれである。いや、それくらいアリナの目標にかける意志は強かった。

「そして祭りを、三日三晩楽しみ尽くす‼」

そう。これこそが、受付嬢三年目となるアリナの最大最重要の〝目標〟だった。

イフールに三年以上住んでおいて、まだ百年祭を楽しんだことがないなんて、そんな馬鹿な話があるだろうか。いやない。是が非でも、今年は参加したい。参加せねばならない。

たとえ労働と時間を対価に金を得て生活している身分とはいえ、人間には等しく好きなことを楽しむ権利がある。自分の時間を自由に使う権利がある。その大事な権利を、残業などという冷酷無比な労働で、潰されていいはずがない。

これはもはや「残業ばっかで嫌になるからたまにはお祭り行きたーい」などという生っちょろい話ではない。一労働者が、人間の尊厳を取り戻し、自由を勝ち取るに等しい戦争なのである……！

「百年祭、私も楽しみにしてるんです！」

アリナの熱気に釣られ、ライラも目を輝かせた。

「イフールの一大イベント！　私、イフールの受付嬢を志望したのも、イフールに住めば毎年百年祭が楽しめるっていうのが理由の一つだったりするんですよ～」

あれ、でも、とライラが何かに気づいたように、きょとんと首をかしげた。

「百年祭当日って、そんなに気合い入れないと定時帰りできないものなんですか……？　最近は残業もないし、この調子で当日はぱぱっと仕事を切り上げちゃえばいいじゃないですか！

だって私たちは、〝受付嬢〟ですよ？」

「ライラの言いたいことはわかるわ」

受付嬢。冒険者たちのクエスト受注手続きを行い、記録し、危険なダンジョンに向かう冒険者を優しく見送る公務。

〝終身雇用職〟と呼ばれる受付嬢は、滅多に失職することのない超安定な職業であり、冒険者と違って危険もなく、社会的信用も高く、一生涯の給料を保証してくれる完璧で理想的なお仕事だ——まあ、むさ苦しくて自慢好きな冒険者共を相手に愛想笑いをふりまき、やりがいもクソもない事務処理を淡々とこなすことになるが——基本的にはのんびりした業務内容である。

「でも、その考えは甘いわ——そしてあまりに愚かよ」

「え？」

「百年祭当日、ここは戦場と化す」

「な⁉」

驚愕の宣告に目を見開くライラに、アリナは積年の恨みがこもった冷たい声色で答えた。

「なぜなら……百年祭の期間中に受注したクエストは、クリア報酬額が通常より割り増しになる——あの忌まわしき、血で血を洗う、〝百年祭特別ボーナス期間〟だからよ……」

「と、特別ボーナス期間⁉⁉」

雷に打たれたように、ライラはよろめいた。

「ちょっと待ってください、クリア報酬額が割り増しになる⁉　なんですかそれ！　聞いてないですよ！」

「この前ギルド本部からしれっと連絡書が回ってきたでしょ。重要なものほどするっと回ってくるから、ちゃんと自己責任で確認して準備しとかないと不意打ちで横から刺されて死ぬわよ」

一年目のアリナもきっちり連絡書を見逃し、きっちり横から刺されて無事死亡しているのだが、同じ過ちを犯しているライラにしたり顔で説教を垂れる。

「お得なボーナス期間に受注しようと、それまで息を潜めていた冒険者共が徒党を組んで押し寄せてくるわ……だから、わかるでしょ？　百年祭の期間中、就業時間内にやるべき事務処理量がどれほどのものになるのか。帰宅が一体、何時になるのか。――こうなると、待っているのは死、のみよ」

「死……！」

「私はこれまで、百年祭当日の残業のせいで、お祭りを楽しむどころじゃなかったのよ……！」

いつもは定時帰りできる受付嬢の職場も、しかしある条件がそろうと一転して激務と残業三昧の地獄へ叩き落とされる。

新ダンジョンが発見されたり、どこぞのダンジョンの完全攻略が目前となったり――あるいは今回のように、ギルドがちょっとしたイベント気分でクリア報酬額を割り増しにするなどという、お得な施策を行うことで、欲に目がくらんだ冒険者の大群が押し寄せる。そして狂ったようにクエストを受注し、残業の嵐を巻き起こしていくのだ。

そんな残業地獄の間は、健康的で文化的な最低限度の生活も裸足で逃げ出す忙しさである。

死に物狂いで残務をこなし、這いずるようにおうちに帰ったと思ったらもうクタクタで、なけなしの余力でつくった粗末な料理を胃に流し込んだあとは力尽きて眠るだけ……無論、祭りなんて行く気力もないどころかとっくに終わっている。

「毎年毎年、ギルドから仕掛けられたこの薄汚い報酬つり上げ作戦に私は完全敗北してきた……膨大な事務作業をさばききれず、残業に追われて百年祭に参加できなかった……！」

「薄汚いって」

「いいわよね冒険者はのんきでさ……ボーナス期間中に受注だけ済ませておいて、百年祭が終わった後にのうのうとクエストクリアすれば、祭りも楽しめてボーナス価格の報酬ももらえて二度美味しいんだから……そりゃどこからでもウジ虫のように無限に湧いてくるわよねえそうよねえ……？」

「アリナ先輩……目が怖いです……」

「これを見なさい」

アリナの並々ならぬ気迫に震える後輩を無視して、ばしん！　と紙の束を机に叩きつけた。

表には仰々しい筆致で「百年祭特別ボーナス期間絶対攻略マニュアル」と書かれている。

「こ……これは……⁉」

「私が二年間の経験を元にまとめた、百年祭ボーナス期間における受注ラッシュをさばくための、傾向と対策をまとめたマニュアルよ……こちらいつまでも残業まみれの負けっぱなしじゃないのよ。さらにィ！」

アリナはデスクの脇に大切に置いていた、一冊の小冊子を広げて見せた。

それは主に観光客用に配られる、百年祭の詳細が詰め込まれた案内書(ガイドブック)だった。持ち歩けるよう小さいながらもちょっとした厚みがあり、三日間のプログラムや露店の配置、賑(にぎ)やかな祭りの絵が描かれている。本来はイフールの外から来た者に祭りの案内用として配られるものだが、アリナはそれをどこより早く入手し、すでに細かな書き込みをいくつも加えていた。

「百年祭実行委員会の発行した公式スケジュールはすでに頭に叩(たた)き込(こ)んである。入念な聞き込みで毎年行列をつくる売り切れ必至の人気店の場所は完全に把握済み。回りたい店を厳選し、最適かつ最速で全てを網羅する動線は三パターンまで考え済み……！　後は百年祭当日の三日間、残業せずに帰るだけ……！」

「す……すごい……今まで残業で抑圧されてた分、百年祭への意気込みが半端(はんぱ)ないですね……」

「ふふ……うふふふふふふ……待ってなさい百年祭……受付嬢三年目の私には、これまで培ってきた経験と技術がある……！　ずぇぇぇっっっったい今年こそは定時で帰って、百年祭を三日三晩楽しみ尽くしてやるんだから……ッ！」

百年祭への一種凄まじい熱意とともに、めらめらと黒い炎を燃やしながら、アリナは拳を握りしめるのだった。

3

「ああ、定時で帰れるって素晴らしい……！」

上機嫌なアリナの声が、イフールの大通りに吸い込まれていった。

食への感謝を忘れないのと同じ感覚で、定時で帰れた日に定時で帰れる喜びを噛みしめることは、重要である。残業という地獄の味を知っている者にしかわからない喜びだ。

仕事を終え帰宅していくイフールの住人たち。彼らに混じってアリナもまた職場を後にし、自宅へ向かっていた——いや、今日は家に帰る前にちょっとした寄り道をしていた。

「こんにちはー！」

元気な挨拶とともにお気に入りの店の中に入っていく。レンガ造りのこぢんまりとしたその店には、遺物の技術を応用した冷蔵ケースが置かれ、中に種々のケーキが並んでいた。

「これとこれとこれとあとこれもください」

大量のケーキを買い込み、アリナはむふふとニヤつきながら、今度こそ自宅を目指した。

仕事帰りにケーキの大人買い。こんな贅沢が許されるのは、社会人だからこそ。そして何より重要なのは、まだ店が開いている時間帯に帰れることである――！

「これが、定時帰りの勝者に許された特権……‼」

残業中に夜食として食べたって何一つ美味しくない。仕事から解放され、定時で帰り、大好きなおうちでのんびりしながら一人で甘味を食べ尽くす。これが、アリナの知りうる最高の定時帰りの一つだ。

「帰ってケーキいっぱい食べよ～！」

るんるん気分のアリナの視線は、ふと通りかかった大広場の中心に向いた。

イフールの中心に位置する、石畳で舗装された大広場。巨大な蒼水晶の転移装置と噴水が設置された小綺麗な広場は、しかし一ヶ月後に百年祭を控え、いつもより少し雑然としている。

広場には木材が山と積まれ、一時的に水が止められた噴水に布をかぶせて隠されているのだ。

百年祭の最終日、祭りの熱気が最高潮に達する夜にお披露目される、特設舞台である。

アリナは、自慢じゃないが（本当に自慢じゃないが）これまで幾度となく残業地獄を乗り越えてきた。その度、事務処理速度も、ミスの数も、以前の自分より早く、少なくこなせるようになっている。ここ最近、受付嬢としての確かな成長を感じていた。

（いける……！　今年こそ！　百年祭、絶対いける……！）

これまで涙をのまされてきた百年祭。今こそ雪辱を果たす時だ——

「アリナさん！」

そんな決意に満ちあふれるアリナを、ふいにウキウキした声が呼び止めた。

爽やかな笑顔をふりまき、一人の冒険者が駆け寄ってくるところだった。

すれ違えば思わず二度見はしてしまうだろう、整った顔立ちをした青年だ。平均より頭一つ高い身長に、軽鎧（ライトアーマー）に収まる体は逞（たくま）しく引き締まり、背に巨大な遺物武器（レリックアルマ）の大盾を背負いながら軽々駆けてくる。すれ違う女性たちも思わず目で追い、彼の正体に気づいた者はきゃっと小さな歓喜の悲鳴すら上げていた。

「……」

イケメンが軽鎧（ライトアーマー）を装備して歩いている、まさにそんな男が脇目もふらずアリナめがけて走ってくる——が、アリナの表情は依然硬く、いやむしろ激しく眉間にしわを寄せてすらいた。

「なに」

意図せず低い声が口から漏れる。駆け寄ってきたジェイドは、しかし立ち止まるやしばらく無言でしかめ面（つら）のアリナをじっと見つめて、やがて小さな吐息とともに、感激に声を震わせた。

「あぁ……一ヶ月ぶりのアリナさん成分だ……！」

「変態発言やめてほしいんですけど」

現れたのは、もはやイフールに住む者で彼の名を知らぬ者はいないだろう——ギルド最強の冒険者と名を馳せる、ジェイド・スクレイドだ。

夕日に照らされる銀の髪、神に愛された顔面、恵まれた体格。それだけでなく、彼は通常一つ持っていれば手放しで喜ばれる超域スキルを、冒険者史上初めて三つ発芽したギルド最強と謳われる盾役であった。冒険者のなかでも選りすぐりの強者が集められた精鋭パーティー、《白銀の剣》の一員でもあり、十九歳にしてそのリーダーを任せられた若き天才冒険者だ。

しかしそんな華々しい表の顔と裏腹に、こいつは重度のストーカーでもあった。一度目をつけられたが最後、殴っても毒を吐いても寄ってくる。あまつ死にかけてもゴキブリ並の生命力を発揮して死の淵から這い上がり、そして寄ってくる。ゾンビみたいな男である。

「仕事帰りか？　アリナさん」

「どうせコソコソ見てたんだからわかるでしょ」

「ああ。だから来た！」

「あーそう……」

悪びれもなくけろっと肯定されるどころか謎に胸を張られ、アリナは顔をしかめた。

「それより俺はさ、アリナさん。心のどこかでちょっとだけ信じてたんだ」

アリナが胸中で百回くらい罵倒している間に、ジェイドは何やらぽつりぽつりと語り出した。

「一回くらいは、何かの拍子に、お見舞い、来てくれるんじゃないかって……」

「……」

わざとらしく強調された〝お見舞い〟の言葉に、アリナはつつっと視線をそらした。一方で
ジェイドはがっくりと肩を落とし、明らかに悲しげな声で言う。

「清々しいほど一っっっっっ回も来なかったもんな……」

「なんであんたのお見舞いに行かなきゃいけないのよ」

「俺は超域スキルを使って近くにアリナさんの気配がないかずっと探ってたんだ……」

「黙って寝てなさいよ」

「それでも、ついぞ一回も感じ取れなかった……」

「そりゃ、近くにも寄らなかったからそうでしょうね」

「一緒に死線をくぐりぬけた仲間だろおおお⁉」

「たまたま偶然その場の成り行きで一緒に戦っただけですー」

「そんな……⁉」

「ていうか、三ヶ月は自宅療養じゃなかったの。まだ一ヶ月しか経ってないんですけど」

そう、こいつが今ここで元気に嘆いているのはおかしい。一ヶ月前に聞いた話では、全治三ヶ月の大怪我で、冒険者活動を控え自宅療養と言われていたはずだ。

おかげでこの一ヶ月は実に平和だった。ストーカーされることも仕事終わりに待ち伏せされることもなく、一人の時間を楽しめていたのに。それなのになんでこの「変態ストーカー白銀ゴキブリ野郎がすでに野に放たれているのよ」

「最後の方、心の声が口から漏れ出ちゃってるんですがアリナさん」

「本音だからね」

「ふっふっふ。俺の生命力をもってすればたいていの怪我は一ヶ月で治るぜアリナさん」

「あっそう……」

そんなはずがないのだが、それ以上は面倒臭いので適当に切り上げてため息を一つつき、アリナは人目のない裏道に入った。中身は完全なるストーカーなジェイドだが、これで一応ギルドの幹部と同等の地位にある精鋭リーダーである。いろんな意味で目立ちすぎる。そもそもギルドの一受付嬢に過ぎないアリナが道端で軽率に罵倒していい相手ではないのだ。

まあ最近は、ジェイドがあまりに堂々アリナへの好意をふりまくために、逆に周囲の町人が気を遣って気づかないふりをしてくれているほどだが。

「それより、あの話考えてくれたか？」

アリナについて裏道を歩くジェイドが、ふと新たな話題を切り出した。

「どの話？」

「決まってるだろ！《白銀の剣》に入る話だ！」

らんらんと目を輝かせ、ジェイドが人差し指を立てた。

「一ヶ月前はアリナさんも、白銀の一員として俺たちと一緒に魔神という未知の強敵と死闘を繰り広げただろ！　あれをきっかけに、アリナさんも冒険者の仕事内容を理解して、白銀に興味を持ってくれたんじゃないかって思ってな？」

「持ってない」

つっけんどんに言い放ち、淡々とアリナは歩を進めた。

「アリナさんの力をもってすれば、冒険者になって億万長者も夢じゃないぞ？」

「私の夢は億万長者になることじゃなくて、受付嬢として平・穏・に！　生きることなの！　そもそも一ヶ月前は、手伝えばイフール・カウンターの人員増やして残業なくしてくれるって言うから頑張ったんだからね！　永遠にほっといてくれる」

「く……ま、そう言うと思ったんだ――」ジェイドはなおも諦め悪く唸ると、ごそごそと一枚の紙を取り出した。「――だから今日は折衷案をもってきた」

「……折衷案？」

「一ヶ月暇だったからな。アリナさんが受付嬢をしつつ、白銀の一員になれる方法をずっと考えてたんだ。つまりこうすれば全て解決――みろ！」

「な……」

得意げに突きつけられた一枚の書状を見て、アリナは凍りついた。

そこには仰々しい文字でこう綴られている――〝《白銀の剣》代表　ジェイド・スクレイドの命によりアリナ・クローバーを《白銀の剣》専属受付嬢に任命する〟

「な……に……これ」

ギルドの印章まできっちり押されたその書面を呆然と読むアリナに、ジェイドは得意げに口の端を吊り上げてみせた。

「《白銀の剣》のリーダーである俺には、白銀の専属受付嬢の任命権がある。これは俺がギルドマスターに直談判してむりやりもらほわあああ任命書破り捨てないでっ‼」

アリナは無表情のまま突きつけられた任命書をひったくるや躊躇なく四等分に引き裂き、慌てるジェイドを尻目にまるめて放り捨てた。

「ふざけないでくれるゴキブリストーカー野郎……」

「ゴキブリ⁉」

「白銀の専属受付嬢といえば昼夜問わずクエスト受注が舞い込み休日もプライベートもなにもないと言われる超絶ブラック環境なんだけど!!!」

アリナが叫ぶと、ぎくりとジェイドの顔がこわばった。

「……い、いや、そんなことないぞ？」

「あんたの権力で私を白銀専属受付嬢にするってんならやってみなさいよ……原形とどめなくなるまでハンマーでミンチにして生まれてきたことを後悔させてやる……」

ぼそぼそと暗くつぶやくや、アリナは何もない虚空から巨大な銀の大鎚（ウォーハンマー）を出現させた。

アリナの持つ神域（ディア）スキル、〈巨神の破鎚（ディア・ブレイク）〉である。

現状アリナしか持ち得ていない最強格のスキルであり、かつてこの地に存在し〝神の国（ディアニア）〟とまで言われる高度な国を築いた〝先人〟たちと、同格の力らしい。

　とはいえアリナに言わせればこの力にそんな華々しい逸話など一つもない。先人たちは〝神(ディア)〟と称(たた)える存在からその祝福として力を受けたと言われているが、アリナが〈巨神の破鎚(ディア・ブレイク)〉を発芽したのは、残業に疲れ果てた結果なのだ。

　まあとにかくいろいろとスゴイ能力なのだが、アリナはそれを、目の前のストーカー野郎を撲殺するためだけに発動させた。

　怒りに声を震わせるアリナと大鎚(ウォーハンマー)を見たジェイドは慌てて距離を離しながら、それでも諦め悪く声をあげた。

「おおおおお俺の権力を使えばな！　アリナさんの人事なんてどうにでもなるんだぞ」

　ジェイドの言葉に、ぴく、とアリナの眉が跳ね上がった。

「……あーそう。そういうこと言う。なるほどあんたが本気だってことは、よーくわかった」

「ほんとか！　じゃあ白銀に入ってくぼあッ!!」

　一瞬うれしそうに輝かせたジェイドの顔面に、次の瞬間、アリナの大鎚(ウォーハンマー)が真正面からぶち込まれた。ジェイドの屈強な体は軽々と吹き飛び、きりもみしてから地を滑って、路地の塀に激突してようやく止まる。

「何が権力よ……こっちは受付嬢人生の危機に立たされたんだからね……！」

「いや……待……せっかく塞がった傷が開――」

「しつこいんだよこのくそ白銀野郎おおおおおおおお‼」

「ぎゃあああああ！」

アリナが大鎚(ウォーハンマー)を振り回すと、ジェイドは悲鳴をあげて逃げ出した。そうして、大都市イフールの平和な夕暮れに、凄(すさ)まじい打撃音と青年の悲鳴が響き渡ったのだった。

4

翌朝。受付時間前のイフール・カウンター。

先輩や上司はまだ出勤していない静かな受付所で、アリナはライラとともに雑巾を握り、客間の窓やベンチを拭いて回っていた。下っ端(したっぱ)の宿命、朝の職場清掃である。

「さーあ今日もバリバリ働くわよ！　百年祭のために！」

「先輩気合い入ってますね！」

アリナの珍しく溌剌(はつらつ)とした様に、ライラも顔をぱっと輝かせた。

「元気そうな先輩を見るとなんだかいろんな意味で安心します！」

「ふ。当然よ。今年こそは百年祭、絶対楽しむんだから」

何しろアリナには、百年祭に参加するという前向きな目標がある。

ぎゅ、と目を閉じ、アリナは数日後の輝かしい未来を想像した。賑(にぎ)やかな祭り囃子(ばやし)のなか、立ち並ぶ露店を巡り、美味しそうなものをたらふく食べ、各地から集められた珍しい商品を買い、うまい酒を飲み、真夜中まで祭りを楽しんでいる未来の自分を。そうするだけで、無限の力が湧いてくるのだ。なんて素晴らしいのだ、百年祭――

「でも、最近はなんだかちょっとだけ受注数が多い気がしませんか？　アリナ先輩」

ふとライラが口にした疑問に、百年祭への妄想でうっとりしていたアリナは、一転してぎくりと顔を強ばらせた。

「いつも通り平和なんですが、ゆるやかにお客さんが絶えないと言いますか。お得な百年祭特別ボーナス期間はまだなのに、なんだか不思議です。ね、そう思いませんか？」

「……あーそうね」

不思議そうに首を傾げるライラの横で、アリナはもごもごと歯切れの悪い相づちを返した。

ライラの疑問は、アリナもはっきりと感じ取っていた。いや、イフール・カウンターの一日の総受注数を計上する役割も担っているアリナは、事実明確な数字として、前年の同時期とは明らかに異なる、高い受注数を確認している。

「なんでかしらねぇ」

だがアリナはあえて答えず、しらばっくれた。

そのささやかな異常の原因が、最終的に自分にあることを知っているからだ。

「やっぱりこれも、一ヶ月前に〝裏クエスト〟が見つかった影響なんでしょうか……」

ただ、しらばっくれたものの、ライラはその原因を的確に言い当てていた。

「……そう……かもね……」

冒険者を対象とした依頼は、個人的なものからダンジョン攻略まで様々だ。それらのクエストは全て冒険者ギルドに集められ、一つ残らず開示される。

そんな通常のクエストと全く異なる存在——裏クエストというのは、冒険者ギルドをはじめ誰にも認知されていないクエストのことだ。

〝裏クエストを受注すると隠しダンジョンが出現する〟、〝特別な遺物が手に入る〟、などなど様々な尾ひれが付きながら、長らく冒険者の間で言い伝えられてきた。裏クエストなど単なる噂に過ぎなかった——そう、一ヶ月前までは。

「それにしても、まさか裏クエストが遺物に隠されていたなんて、すごいですよね！」

ライラはあっさり疑問を捨てて、代わりにありありとした好奇心に目を輝かせた。

「一体誰が見つけたんでしょう？　遺物って最も硬い物質なんですよ？　それを破壊するなんてとんでもない化け物ですよね⁉」

「まあ……そうね……誰かしらね」

アリナである。

少しだけ冷や汗を垂らしながら、アリナはそっぽを向いて相づちを打つ。

一ヶ月前、何を隠そうアリナが、ちょっとした偶然により遺物を破壊し、その中に隠されていた裏クエストを見つけてしまったのだ。そして言い伝え通り、隠しダンジョンである〝白亜の塔〟が出現してしまった。

表向きには、白亜の塔には《白銀の剣》が挑み、瀕死に追い詰められながらも完全攻略したとされた。しかしその攻略にはアリナが深く関わっている。

ともあれ裏クエストは実在し、言い伝え通り隠しダンジョンもしっかり出現する――その事実は、周知のものとなったのだった。

それから一部の冒険者の間では、裏クエストを見つけようとダンジョンに転がる遺物を片っ端から回収する動きが見え始めている。皆、隠しダンジョンに眠ると言われている〝特別な遺物〟を求めているのだ。ここ最近のゆるやかな受注数の増加原因である。

「っていうか、隠しダンジョンは危険だから不用意に裏クエスト探すなってギルドから再三注意出してるのに……どいつもこいつも死にたいわけ？　精鋭の《白銀の剣》だって隠しダンジョンの攻略で瀕死になったのよ？」

「いやでも、やっぱり探しちゃいますよ。だって、裏クエストを見つければ、隠しダンジョンにある特別な遺物が手に入るんですよ！　要するにお宝ですよね！」

「……」

遺物。かつてこのヘルカシア大陸で栄華を極め一夜で滅びた先人たちが、高度な技術により造り遺した遺産である。

　彼らが滅んでしまった現在では遺物（レリック）と同等のものを造るのは難しく、失われた技術が詰まっている遺物（レリック）は高値で売ることができる。冒険者にとってはまたとないお宝だ。

「遺物（レリック）の中でも、特別……！　きっと、金銀財宝も裸足（はだし）で逃げ出すとんでもないものにちがいないですよ！」

「そうかもね。気になるわね」

「微塵（みじん）も心のこもってない声で言うのやめましょ先輩」

「興味ないし」

　とは言いつつも、アリナは知っている。〝特別な遺物（レリック）〟の正体。

　金銀財宝……そんな夢のようなものではない。

　人型を模し、感情と知性を持ち、動いてしゃべって槍（やり）を振り回し、やたらと頑丈な体と複数の神域（ディア）スキルを駆使し笑いながら人を殺す――ついでにアリナの残業を邪魔してきた――めちゃくちゃハタ迷惑な〝魔神〟の名を持つ生きた遺物（レリック）。それこそが、特別な遺物（レリック）の正体である。

　隠しダンジョンで眠る魔神は人の魂を食（く）らうことで復活し、ギルド最強盾役（タンク）であるジェイドをお遊び感覚で瀕死（ひんし）にした強敵だった。しかもそれが一体だけでなく、まだ複数この地に眠っているというのだから、面倒臭いなんてものではない。

　一ヶ月前、アリナの神域（ディア）スキルでどうにか倒したものの、正直言って残業なんかよりよほどタチが悪い存在である。何も知らない冒険者によって隠しダンジョンが出現し、その中に眠る魔神を起こされるなどたまったものではない。

しかし、特別な遺物（レリック）の正体に関する情報は、混乱を招くとして一切秘匿とされ一般には伏せられた。アリナも冒険者ギルドのマスターたるグレン・ガリアから、魔神について一切他言しないよう口止めされている。

「そ、そんなことより！　今日も気合い入れてくわよ」

雑巾をぐちゃっと握りしめ、アリナは強引に話題を変えた。

「百年祭のための戦いは今この時から始まっているのよ……！」

「そういえば先輩、昨日はつい聞きそびれてしまったんですが――」

ふとライラが手を止めて、怪訝（けげん）にアリナを振り向くや、突然にやりと口角を吊（つ）り上（あ）げた。

「そこまでして百年祭に命を懸けているということは――恋人が、いるのですね⁉」

「恋人？」

予想だにしなかった指摘に、きょとん、とアリナは目を瞬（しばたた）いた。そんなアリナににじり寄り、目をいやらしく半月型ににやけさせたライラが肘でアリナを小突く。

「やだなアリナ先輩～とぼけなくてもいいんですよ～？　百年祭といえば超超ど定番のデートイベントじゃないですか！」

「なにそれ」

「え」

「百年祭でデートした恋人は百年先まで添い遂げるって言われてるじゃないですか？　だからこのためにわざわざ遠くの町から来る恋人までいるって——」

「知らない」

「ふーん」

知るわけがない。何しろイフールに来てから百年祭の日はずっと残業をしていたのだから。

微塵も興味のない無駄情報を一蹴し、また平然と雑巾がけに戻ろうとするアリナの肩をライラが摑んで引き戻した。

「ちょ、ちょちょちょちょっと待ってください。デートが目的じゃないってことは、一体誰と行くつもりだったんですか？」

「？　一人だけど」

「一人ッッッ⁉⁉」

「何よ」

「だ、だって、カップルだらけですよ、百年祭……⁉　そこら中で恋人たちがイチャイチャイチャイチャしてるんですよ⁉　そこに一人で突撃するんですか？　死にたいんですか⁉」

「別に百年祭はカップルのための祭りじゃないでしょ。一人で楽しんで何が悪いのよ」

「つ……強い……！」

衝撃を受けたように、ライラが目を見開き、その場にくずおれた。

「これが……残業マスターの末路とでも言うんですか……⁉」

「ちょっと」

「うう……私が一緒に行ってあげたいんですが、あいにく私もその日は思い人とのデートなのです……」

「あそ」

「気になりますか⁉　やっぱ気になっちゃいますよねえ⁉　先輩として！　後輩のデート相手は誰なのか！」

「いや別に――」

「うふふ。聞いて驚かないでくださいよアリナ先輩」

アリナの言葉を遮って、ライラは胸を張り自信満々に告げた。

「処刑人様です！」

ずるべちゃっと気の抜けた音をたて、アリナは雑巾を踏んづけ盛大にすっころんでいた。

「うっげほっ、へ、変なとこ打った」

「やだなそんなに驚かなくてもいいじゃないですか」

「いや驚くわよ！」

処刑人――冒険者の間でにわかに噂(うわさ)される、謎の冒険者の異名である。

その名の由来は、攻略に行き詰まっている難関ダンジョンにふらりと現れては、パーティーも組まずにソロで階層(フロア)ボスに挑み、そして一方的になぶり殺してしまうその異様な姿から来ているらしい。

頭まですっぽり隠れる外套(がいとう)に身を包み、その正体は不明。巨大な大鎚(ウォーハンマー)を出現させる未知のスキルを駆使して、討伐に苦戦している階層(フロア)ボスを撲殺する冒険者の都市伝説だ。

いや、都市伝説だった、と言ったほうが正しいだろう。

一ヶ月前、処刑人は実在することが白銀のジェイドにより証言された。事実、処刑人はイフールに姿を見せ、その怪力をふるって魔物を退けた。おまけに、隠しダンジョンのボスをも討伐し、全滅の危機にあった白銀を救ったのである。

——そう。何を隠そうアリナこそが、処刑人の正体なのだった。

残業に疲れ果てたアリナは、二年前に突如発芽した神域(ディア)スキルを使い残業の原因となるボスをちょっぴり倒してまわっていたのだが……いつの間にかそんな噂(うわさ)になっていたのである。

(処刑人とデート……?　まさか、偽物(にせもの)に騙(だま)されてるんじゃ……!?)

確かにライラはやや世間知らずなところがあるし、正体のわからぬ処刑人に並々ならぬ恋慕も抱いている。俺こそ処刑人だと言われたら、これはやりかねない。

冷や汗をだらだら流しながら、しかし下手に忠告もできずにいるアリナに、ライラは不敵に笑った。

「ふふふ……わかってますよ先輩の言いたいことは。処刑人様とのデートなんてできるはずがないって。でも、処刑人様とのデートが、可能なのです。これによって！」

そう言って自信満々に取り出したのは、小さな手の平大ほどの人形だった。

二頭身の人型を模し、頭からすっぽりとコートをかぶっている。顔はフードに隠れて見えないものの、背には無駄に作り込まれた銀色のハンマーが装着されていた。

想像していた事態よりはるかに平和なものが出てきて、アリナはきょとんと目を瞬いた。

「……それって……処刑人の人形……？」

「どうです⁉　夜なべしてつくったんです！　この処刑人様人形バージョンと一緒に祭りを楽しむことで、疑似デート体験ができるんです！」

「……何か特別な魔法で、その人形が人体化したりするの？」

「？　するわけないじゃないですか。人形は、人形です。でもでも、見てくださいこの人形！結構細部までこだわって作ったんですよ。このフードとかとれるんですよ⁉　さらにさらにフードをとると私の想像するイケメン処刑人様のご尊顔まで再現――」

「あーあーはいはいわかったわかった。言いたいことはわかったからしまいなさいソレ」

ふんすと鼻息を荒くし、ぐいぐいアリナに迫ってフードをとって見せようとするライラを制して、アリナはため息をついた。ただでさえ処刑人の話題には極力触れたくないというのに、処刑人一筋のライラはことある毎に〝彼〟への愛を語り、しゃべり出すと止まらなくなる。最近はその相手をするのも面倒になって、熱が入る前に話を切り上げるようにしているのだ。

「……」

ライラが不完全燃焼のようにすごすご人形をしまうのを見ながら、アリナは固く拳をつくった。

「まあ理由は何にしろ、百年祭当日、定時ダッシュをキメて祭りを楽しむために私たちがやることは一つよ！」

「そうですね！」気を取り直したようにライラも拳を突き出す。「私も楽しい処刑人様とのデートが控えているので、百年祭特別ボーナス期間は万全の状態で挑――」

元気なライラの言葉が、しかしふいに、尻つぼみに消えていった。

「？」

怪訝にライラの顔を見ると、彼女の口はぽかんと開いたまま、それ以上何の言葉も出てきそうになかった。代わりに唇をわなわなと震わせ、血の気が引いていく。彼女の視線は、ある一点を凝視して、凍りついていた。

「どうしたの？」

「せ……せん、ぱい……あれ……」

呆然とライラが指をさした、その先をアリナも目で追って――

そして、絶句した。

「な……は……？」

そこはイフール・カウンターの出入り口だった。遺物を活用して造られた画期的なガラス張りのドア。問題はその外側だ。

透明なドアの向こうには、すでに膨大な冒険者がひしめき合い、飢えた獣のようにギラギラと目を光らせ、開場を今か今かと待っていたのだ。

「ちょ……な……なぁぁ⁉」

その光景に、アリナは狼狽え、歯を鳴らし、思わずふらりとよろめいた。これまで幾度となく受注ラッシュを経験してきたが、こんな異様な光景は初めて見るものだった。次にその視線は、自ずと壁の時計に向く。

イフール・カウンター開場まであと数分。数分経ったら、あの〝群れ〟を抑えているドアを、開放しなければならない。ごくり、と生唾を飲み込んだ。

まるで敵勢力に包囲された敗惨兵のような気分だ。

「せ、先輩……どうしましょう……どうしましょう……あれ……」

「ど、どうしましょうって……開けるしか――」

いつの間にか出勤してきた他の先輩受付嬢たちも、この光景にざわついている。

「はっ！　未処理カゴ……！」

アリナはいち早く我に返り、繁忙期に使う〝未処理カゴ〟を大量に用意した。冒険者から必要な記入をもらった受注書を一時的に放り込んでおき、後からまとめて事務処理をするためのものだ。さらにいつもよりも多めにクエスト受注用の用紙をカウンターにセットして、〝繁忙期モード〟に切り替える。

同時、ライラがおそるおそる、出入り口を解錠した。

「い、いらっしゃいまへぶァッッ‼」

瞬間、いつもの挨拶すら最後まで言わせてもらえず、ライラがなだれ込んできた冒険者の波にあえなく埋もれていった。その哀れな姿を視界の端で確認したが、アリナには助けに行く余裕など当然ない。

「開いたぞ！」

「どけ、俺が先だ！」

「うるせえ押すな！　すっこんでやがれ！」

地鳴りでも聞こえてきそうな怒濤の勢いと、すでに飛び交う怒号とともに、解き放たれた冒険者たちが一斉にカウンターへと押し寄せてくるからだ。

──そして、地獄が始まった。

5

「……どういう……ことなの……？」

アリナの枯れた声が、静かなイフール・カウンターにぽつんと響いた。

気づいたら受付時間が終わっていた。

窓の向こうはすっかり陽が落ちようとしており、紅の夕陽に照らされた受付所は、惨憺たる有様だった。

カウンターに設置されていたはずの受注書はあちこち散乱し、観葉植物の葉はちぎれ飛び、設置していたベンチは所定の位置からだいぶ離れた場所まで吹き飛ばされ、小さな椅子などひっくり返っている。

「どういう……ことなんでしょう……」

同じくライラも茫然自失という状態で、ツインテールが今や片方ほどけてしまっている。出入り口のドアが施錠されたことを確認し、アリナは魂が抜け落ちたかのように脱力しカウンターにくずおれた。

記憶はあまりない。昼ご飯を食べたかどうかすらも危うい。体に染みついた反射神経だけで受注業務をこなしていた。一体目の前で何が起きているのか、考える暇すらなかった。終始殺到する冒険者の対応に追われ、当然受注書の事務処理など一枚も終わっていない。他の先輩受付嬢たちも同様で、疲労と困惑からぐったりとデスクに座り込み、いつもの倍以上の高さを見せる受注書の山を呆然と眺めていた。

「ギルドが例年より早く報酬額をつり上げた……？　いやボーナス期間を早めるなら事前に連

絡が来るはずだし、何より報酬額はいつもと同じ……新しいダンジョンも発見されてない……どこかのダンジョンが攻略目前というわけでもない……そもそも受注クエストがどれかに集中していない……」

アリナはカウンターの下に身を縮こまらせぶつぶつつぶやきながら、少しずつ状況を整理していった。

唐突な受注殺到は、大抵、新ダンジョンが発見されたか、どこかのダンジョンが完全攻略前かのどちらかによるものだ。たとえこちらが把握していない情報でも、受け付ていくうちに皆同じクエストを受注していることに気づき、容易にその原因を推察するものだが――今回の殺到の原因は、本当に分からなかった。

「わ、私も、唐突すぎて全然分かりませんでした……」

噂好きでどこからともなく情報を仕入れてくるライラも、今回ばかりは原因を突き止められなかったようで困惑している。

「忙しすぎて冒険者さんたちに聞いてる余裕もなかったし……ていうか押し寄せた方たちの目の色、ヤバくなかったですか……？　みなさんすごくギラギラしてたというか……」

「ああいう反応があるってことは、何か美味しい獲物がぶら下がってるのね。冒険者なんて単細胞生物だし」

「悪意しかない言い方やめましょ先輩」

なんとか立ち上がり、ひっくり返ったベンチだの観葉植物だのを片付けて、アリナとライラはデスクについた。あまり直視したくないが……デスク周りは、客側のスペースよりももっと殺伐とした光景が広がっている。

書類がみっちり詰まった未処理カゴが山のように積まれ、あちこちに放り置かれ、なかには山が崩れて書類の雪崩が起きている。整頓する暇すら許されなかったのである。

「ひえ……なんですかこの量……化け物ですか……」

ぽつり、とライラが絶望のつぶやきを漏らした。受付時間いっぱい、ひっきりなしに殺到する冒険者共を捌(さば)くだけで疲れ果てたというのに、今からこの量の事務処理をこなさなければならないのだ。

アリナも改めてそのむごたらしい現実を目の当(ま)たり(あ)にし、しばし無言で立ち尽くした。ややあって、乾いた唇をぎゅっと引き結び、ぼそりとライラに告げる。

「……ライラ。私ちょっと出かけてくる」

「ええ⁉」

唐突な宣言にライラがぎょっと目を見開いた。

「これ残して帰るんですか⁉　百年祭は……私たちの百年祭はどうなっちゃうんですか⁉」

「もちろん戻ってくるわよ。百年祭までは仕事の持ち越しゼロ……これは絶対……！　でもこんなの明らかに異常事態なのよ。想定外なんてどころじゃない……！　どうにかしないとホン

ト に、今年も、」

百年祭が残業で潰れる。

あまりに辛すぎる未来に、アリナはその先を口に出すことができなかった。しかし冷酷無比な可能性は、事実濃厚なものとなってのしかかってきている。

「……そんなこと……あってはならない……！」

原因を知らなければ。そして極めて速やかに、その原因を取り除かなければ。

アリナは歯をむきだし、受付所を飛び出した。

6

同時刻。ジェイド・スクレイドは、ギルド本部の訓練場にいた。

いや、確かにそこはギルド本部敷地内に建設された訓練場のはずだが、周囲の景色は訓練場というにはほど遠い。

四柱を支点とする屋内空間。壁は見えないがどことなく閉鎖的で、薄闇が広がっている。長らく閉じていた湿った空気、ダンジョン内に充満する独特のエーテルの匂い。強力な魔物が棲み着くダンジョン内の奥深く——通称〝ボス部屋〟とよく似た光景である。

そしてぼんやりとした灯りに照らし出されているのは、三つ頭を持つ四足獣の魔物、ケルベロスだった。

(いつ見ても本物そっくりなんだよな……)

低く唸(うな)るケルベロスを見上げ、ジェイドは油断なく遺物武器(レリックアルマ)の大盾を構えた。

目の前のケルベロスは牙をむきだしてすでに臨戦態勢だが、襲ってくる気配がない。本物だったらとうに飛びかかってくるが、まるで人形のようにピクリとも動かないのだ。

それもそのはず。なぜなら、ボス部屋の景色もケルベロスも、これらは単なる〝視覚情報〟――ギルドの研究班が遺物(レリック)を元に開発した映像機器、虚像構築装置(ホログラム)がつくる虚像だからだ。

「いつでもいいぞ！　始めてくれ」

ジェイドが声をかけると、途端、息を吹き込まれたかのように、ケルベロスが頭を上げた。

虚像構築装置(ホログラム)。ギルドが開発したと言うよりは、元々このように情報を三次元的に映写する遺物(レリック)を、ギルドがなんとか復元させたと言った方が正しいが。ペアとなる水晶に記憶させた情報を、まるでそこにあるかのように映写するものだ。

水晶が記憶する情報は視覚だけでなく五感に訴え、魔物は行動パターンや鳴き声、肉体の硬さから攻撃力まで読み取る。どのような技術を用いてこんなことが可能なのか、肝心なことは何一つわかっていないが。

そう考えると、先人たちが手にした技術というのは本当にとんでもないものである。

(そりゃ、あんな魔神も造れるわけだよな)

ジェイドの背後に控えるは、回復役(ヒーラー)を務める白魔道士のルルリと、後衛役(バックアタッカー)たる黒魔道士のロウ。

そして、新しく前衛役(トップアタッカー)として迎え入れた、大剣使いの少年シビルである。

まだ十五歳という若さで歴は浅いが、経験の少なさを引いてなお余りある抜群の戦闘センスで次々強大な魔物を討伐し、瞬く間(またたくま)に大剣使いとして名を馳(は)せた新進気鋭の冒険者だ。

「魔惑光(ハストル)！」

ジェイドの詠唱とともに、幻影魔法の光が抜き身の剣から放たれる。その切っ先を地面に突き刺すとケルベロスの六つの目が全てジェイドに縫い付いた。

「敵視(ヘイト)をとった！」

ジェイドの一声と同時、戦闘は始まった。

「スキル発動、〈鉄壁の守護者(シグルス・ウォール)〉！」

深紅のスキルの光が、ジェイドの盾に帯びる。

対象を硬化させることで防御力を付与するスキルだ。直後、ケルベロスがその巨体からは想像しがたい速度でジェイドに迫り、鋭利な爪を持つ前足で襲いかかった。

その一撃を難なく盾で弾(はじ)きながら、ジェイドは油断なく敵を観察した。

ケルベロス。地獄の番犬とも言われる魔物。A級ダンジョンでは、並み居る魔物を蹴散らし、階層(フロア)ボスになりえる力を持った強敵だ。

近づけばその太い四足と鋭い爪で強烈な物理攻撃を繰り出し、三つの頭からはそれぞれ属性の違う魔法攻撃の吐息(ブレス)が襲いかかる。遠近両方の攻撃手段を持つ、弱点を突きにくい相手だ。おまけに動きが速く、隙はほとんどない。全身を覆う剛毛は打撃系の攻撃をほぼ受け付けず、物理攻撃で唯一効果的なのは斬撃である。大剣使いのシビルとは相性がいい。

「竜蛇炎(イグニス)！」

魔杖(ロッド)をふり、ロウが攻撃魔法を発動させた。炎術をアレンジした、濃縮の火炎球だ。強い光も放つ火炎球はケルベロスの目元で炸裂(さくれつ)し、狙い通り右の頭をふらつかせた。

「っしゃ！」

すかさずシビルが右側に回り込み、大剣を水平に振った。遠心力を上乗せさせた、空気を唸(うな)らせる大ぶりの一撃。腰から回転させた全身運動により繰り出される強烈な斬撃は、最も力の伝わる場所を的確に当て、太いケルベロスの頭を一太刀で斬り飛ばした。

「おっしゃあー！　どうよ⁉　見た⁉　今の見た⁉　頭一つを一撃よ一撃！」

一旦下がったシビルが嬉(うれ)しそうに叫び、その若々しい無邪気さにジェイドは思わず苦笑した。

しかし確かに、シビルの攻撃力は誇っていい。両腕と全身の筋肉を使って扱う巨大な大剣は、その一撃必殺とも呼べる攻撃力の高さが魅力だ。しかしケルベロスのように素早い魔物が相手では、大剣の最大攻撃値をタイミング良く叩(たた)き込(こ)むことがそもそも難しい。単純な脳筋武器に見えて、実際は持ち主の技量で大きく攻撃力が左右する難しい武器だ。

それゆえ、大抵は頭一つ潰すのにも時間がかかるものだが、それを一撃で潰せるのは彼の大剣使いとしての腕がいい証拠である。

「いいぞシビル、次も頼む！」

——と言っても、本番はこれからである。

グギャアアア！

頭を一つ失ったケルベロスが、一際(ひときわ)大きな咆哮(ほうこう)をあげた。

「うっ」

先程と同じ要領で突っ込んだシビルの攻撃がするりと躱(かわ)され、逆にケルベロスの爪が腕をかする。負傷によって興奮状態となったケルベロスは、攻撃力、速さ、どれも倍近く跳ね上がるからだ。

被弾判定。虚像構築装置(ホログラム)がシビルのショルダーガードに亀裂を映写し、さらに肩から出血の演出が入る。ぱたた、と床に血が飛び散った。もちろんただの映像だ。実際のシビルの肉体には一つの怪我(けが)もないが、

「ルルリ！」

回復役(ヒーラー)のルルリに指示を飛ばす。実戦を模した訓練にすぎないとはいえ、手は抜かない。

「……治癒光(ヒール)！」

ジェイドの声に一瞬遅れて治癒の光が飛び出し、狙い違わずシビルの肩に着弾した。

（……？）

一瞬、ジェイドは妙な違和感を覚えた。

ルルリの反応が遅い。いつもだったらジェイドが指示を出す頃にはすでに治癒光（ヒール）が飛び、とっくに回復を当てているのだが。

（訓練だから集中してないのか……？　いや、ルルリはそんな奴（やつ）じゃないが……）

しかし小さな違和感にかまっている場合でもなかった。

「シビル！　興奮状態になるとひるみも効果が薄くなる、慎重にいけ！」

「……っ了解！」

しかし、先ほどから一転して攻撃が当たらない。興奮したケルベロスが暴れ回るからだ。

「ちっくしょぉぉ！　当たれぇえー！」

焦（あせ）ったシビルもだんだん自棄（やけ）になってきている。雑な攻撃と立ち回りで細かな被弾が増えていく。あまり良くない傾向だ。放っておけばいずれ大きなものを食（く）らうだろう。

虚像構築装置（ホログラム）を活用した模擬討伐訓練の、唯一の欠点があるとすればこれだ。負傷の演出は入るものの、それはあくまで視覚情報。実際に痛覚はないため、一つ一つの負傷を軽視しがちになり、実戦同様の緊張感をつくりづらい。

さてどうする。ロウの魔法攻撃で流れを変えるか。ジェイドが考えあぐねている時——

ふいに、天井から人が降ってきた。

「⁉」

いやそれは降ってきたなんて穏やかな勢いではない。まるで上空から地上の獲物を狙って直滑降する野鳥のように、何かが突撃し、虚像構築装置(ホログラム)の中に突っ込んできたのだ。

べぎん！　と鈍い音で床にヒビを入れ、着地したその人物は――

「……え、処刑人⁉」

全身と顔をすっぽり覆い隠すフード付きの外套(がいとう)。目前に突如現れた人影に、シビルがぎょっと目を剝(む)いた。

処刑人――いや処刑人に扮(ふん)しているアリナは、ケルベロスとの戦いの真っ最中だというのに、そのままつかつかとジェイドのもとまで歩みよると、

「聞きたいことがある」

めちゃくちゃ低い声でそれだけ言った。

「いや待て処刑人、今ちょっと取り込み中――」

グギャアアアア！

ジェイドの慌てた声を遮り、唐突に場を乱す存在に、興奮状態のケルベロスが吠(ほ)えた。

「あ？」

鬱陶しそうに振り向いた処刑人は、そこでようやくケルベロスの姿を認めた。A級ダンジョンの階層(フロア)ボスに相当する強力な魔物を前にし、しかし驚くどころかチッと舌打ち一つ。

「邪魔なんだけど」

（――こ、これは……）

その物々しい雰囲気に、ジェイドは察した。

（ものすっごい、怒ってる!!）

は、としてジェイドは慌てて虚像構築装置を操作している見えない研究班に声を張り上げた。

「く、訓練中止！　今すぐケルベロスひっこめ――」

しかし遅かった。遅いというのは、ケルベロスにとって、遅かったのである。

「スキル発動〈巨神の破鎚〉」

静かな詠唱とともに、処刑人が手をかざした。

とたん、足下に白い魔法陣が展開した。かざした手にわずかな光の粒子が収束すると、虚空から巨大な銀の大鎚が出現する。細部まで銀の装飾が施された美しい大鎚だが、打撃部の片方はツルハシ状となっていて、どこから見ても殺意満点なおっかない武器である。

処刑人はその柄を握りしめるや、ケルベロスにむかって腰だめに構え、

「邪魔だクソ犬がああああ――――ッ！」

おそらく八つ当たりであろう怒声とともに、どぐん！　と中央の頭に大鎚をぶち込んだ。

ぎゃいん！　というケルベロスの悲鳴は――聞こえなかった。

代わりに、ジ、ジジ！　と奇妙な音が虚像構築装置の中で響き渡る。不気味なボス部屋の景

色が不安定に揺れ出し、音もなく吹っ飛んだケルベロスが床をすべる途中で突然フリーズする。

「そ、そ、測定不能!?　ダメです、虚像構築装置が壊れ――あぁっ」

安定を失った虚像構築装置の映像の向こうで研究班の慌てた声が聞こえてくる。

（あらー……）

やがて不快な音とともに、ケルベロスもろとも景色が吹き飛んだ。閉鎖的で薄暗い視界が晴れた先には、無機質な訓練場と広がる夕暮れの空が見える。

「…………え、一撃？」

大剣を下ろし、シビルが呆然と処刑人を見やった。ケルベロスだけならまだしも、虚像構築装置まで処理不能にさせてぶち壊した本人は、少し戸惑い気味にキョロキョロと一変した景色を見回している。

「しかも、打撃武器……？」

ケルベロスの剛毛を前に、打撃武器はほぼ無効。大鎚などケルベロスとの相性は最悪のそれ――のはずだが、まあ、どんな物事においてもそうだが圧倒的な攻撃力を前には、相性もクソもないのである。

言葉をなくし、唖然と口を開閉させるシビルに、ジェイドは慌てて肩に手を置いた。

「シビル、最初の一撃よかったぞ。あのままやれば勝ってた。悪いが今日の訓練は中止――」

「い…………一撃……斬撃よりも……打撃が……一撃……？」

シビルはしかし、目の前で起きたことをなかなか受け入れられないのか、頭を抱えてふらふらとよろめいた。

「頭一つで……喜んでたオレって……──」

「あ、いや、アレは枠外の存在だからあんまり気にするな」

「ち、ちくしょぉぉぉ────ッッ!!!! もっと強くなってやるぅぅ────ッッ!!」

唐突に叫ぶや、泣きながらシビルは走り去っていった。

「……まあ、そうなるよな……」

どうすることもできずに少年の背を見送りながら、ジェイドは頬をかいた。

処刑人と同じポジションである前衛役(トップアタッカー)には、不憫(ふびん)としか言いようがない。自分だって圧倒的に強い盾役(タンク)が突然現れ、苦戦していた相手を一撃でどうにかされてしまったら感情の処理が追いつかないかも知れない。

ちなみにこの数日後、シビルは修行に出ると言って白銀を辞してしまい、長らく続く前衛役(トップアタッカー)不在問題は結局振り出しに戻ったのだった。

7

「め、珍しいなアリナさん、ギルド本部に来るなんて。どうした？　腹でも痛いのか？」

ジェイドはおそるおそるたずねた。

重厚な執務机が中央奥に構えられたギルドマスターの執務室にて。突如訓練所に突撃してきた処刑人――もといアリナをすばやくここへ放り込み、ようやくひと心地ついてから聞き出すと、フードをとったアリナはやはり激怒していた。目が完全に据わっている。

「どうもこうもないわよ……どういうことか説明しなさいよこのクソ冒険者筆頭……」

「クソ冒険者筆頭⁉」

「なんで！　いきなり！　冒険者が押し寄せてきたのよ！　説明しなさいよ！」

憤怒(ふんぬ)にまみれたアリナの言葉に、ジェイドはギクッと肩を跳ね上げた。

「え、もうそっちに冒険者が殺到してるのか……？」

「もうってことは何か知ってるのね」

がし、と胸倉をつかまれ、理不尽な殺意がジェイドに向く。

「暴走した有象無象共が押し寄せてきて、朝から大変だったのよコッチは……！」

「落ち着いてくれ嬢ちゃん。俺から話そう」

静かに口を開いたのは、執務机で渋面をつくるギルドマスター、グレン・ガリアだ。

現役時代は《白銀の剣》の前衛役(トップアタッカー)を務め、今なお衰えない引き締まった体つきからは歴戦の貫禄(かんろく)を滲(にじ)ませている。浅黒く焼けた顔には年相応の深い皺(しわ)が刻まれ、今はその厳(いか)つい顔も一層険しくなっていた。

グレンは、重いため息をついて語り始める。

「実は——」

＊＊＊＊

「デ、デマぁ⁉⁉」

アリナの情けない声が、ギルドマスターの執務室に響き渡った。

「そうだ。〝裏クエストには神域（ディア）スキルを取得できる遺物（レリック）がある〟——そういう情報が、突然冒険者の間で広がったんだ。おそらく、嬢ちゃんとこに押し寄せたのは神域（ディア）スキルほしさに裏クエストを見つけようと息巻いてる冒険者たちだ」

「な、なんでそんなデマなんか……突然どこから湧いてくるのよ⁉」

「ここ最近、裏クエストが見つかってからはどこも隠しダンジョンや特別な遺物（レリック）の話で持ちきりだったからな。誰かが面白半分に言い始めたか……あるいは、この混乱を想定した愉快犯、なんて可能性もある」

グレンの重々しい回答に、ジェイドも難しい顔で付け加える。

「俺もその噂（うわさ）を耳にしたのは今日なんだが……まさかこんなに早く情報が回るとは、予想してなかった」

「だ、だとしても！　おかしいでしょ、〝神域(ディア)スキルを取得できる遺物(レリック)〟なんてどう考えても胡散臭(うさんくさ)すぎる情報、信じるなんて――」

　言いながら、アリナの言葉は尻つぼみに消えた。聞くまでもないことだった。まさに今日、その胡散臭(うさんくさ)い情報を鵜呑(うの)みにした冒険者が、大群となって押し寄せたのだから。

「……アリナさんには、理解しづらいかもしれないけど――」

　黙り込むアリナに、言いにくそうにジェイドが答えた。

「もし本当に神域(ディア)スキルを取得できたら、冒険者として成功を約束されたようなものなんだ。俺たち冒険者からすると、垂涎(すいぜん)ものなんだよ」

「でも……でも！　スキルって先天的なものなんでしょ⁉」

　説明を受けてなお、そんなデマ一つで簡単に地獄に叩(たた)き落とされたことが納得できず、アリナは食い下がった。新ダンジョンが同時に十以上見つかったとか、超巨大なダンジョンが数十年かけてようやく攻略目前になっているとか、そんな理由の方がまだ納得できる。でも、デマなんて。明らかに作為的につくられた残業地獄なんて、受け入れられない。

「……ああ。スキルをあとから外的要因で取得できるなんて、今までそんな事例もないし到底考えられないんだが――そんな疑問を差し引いても、神域(ディア)スキルは魅力的だ。発芽した自分のスキルに満足してなかったり、スキルが発芽できずにいたりする冒険者なんて特に、一も二もなく飛びつくだろうな。金になりそうな匂いを嗅ぎつけた奴(やつ)なんてもっとタチが悪い。神域(ディア)スキルが手に入るなら何でもするって連中は、意外と多いんだ」
そうか、あの異様な熱気。ジェイドの説明に、アリナはようやく今日の異常事態を理解した。ただ単に大量の冒険者が押し寄せたというだけではない。どいつもこいつも目がぎょろつき、他を蹴落とし、我先にとなりふり構っていない様子だった。最低限の理性すらかなぐり捨てて列すら守らない様はまさしく暴徒と言っていい。

「……」

アリナはそれ以上何も言えなくなって、むううと唸り口を閉ざした。

スキルは魔法と違って、知識や修練で体得できるものではない。能力は個々人により様々で、発芽しなければ一切使うことができないシビアな能力だ。それだけに、戦闘時に発揮する効果は魔法を遥かに凌駕する。いや、発芽するスキル次第では人生の成功すら約束してしまう。

発芽するかどうかは運次第、発芽しても望み通りのものとは限らない。努力ではどうにもできない不確実な能力だが、冒険者にはそれが必須の仕事道具として求められる――そんなあまりに理不尽で不安定な境遇に押しつぶされ続けた冒険者たちの鬱憤が、「神域スキルを取得できる遺物」という甘美な誘惑によって一気に爆発したのだ。

「……ちょっと待って。じゃあ、この事態、どうやったら収束するの……？」

は、とアリナは恐ろしいことに気づいてしまった。

「いつもの突発的な繁忙期なら、ボスさえぶち殺せば強引に終わらせられるけど――」

言いにくそうな間を空けて、ジェイドがそっと目をそらし、小声で続けた。

「――デマが収束するまで、だろうな……」

重い、沈黙が落ちた。

「……う……うそだ……」

我ながら情けない声が、口から漏れ出た。

がくりと足から力が抜け、アリナは高級な絨毯（じゅうたん）の上に崩れ落ちた。頭のなかが真っ白になって、今一陣の風でも吹けば、砂のようにさらさらと消えていきそうだ。

「だって……ひゃく、百年祭は……あと一週間で来ちゃうのに……こんなのが毎日続いて……さらに特別ボーナス期間なんかに突入したら……もう……祭りどころじゃ――」

声は次第に震えていって、最後には唇を噛（か）んだ。

今までは、ひどい残業地獄が続いてもその原因となるボスをどうにかしてしまえば解消できた。例えばそのボスを倒すのが、冒険者じゃなくてもいい。残業に疲れたどこかの受付嬢が怒りのままにボスをぶち殺しても、結果的に繁忙期は終わるのだ。

だが今回は違う。殺すべきボスも攻略を終わらせるべきダンジョンもない。いつもの力業は通用せず、デマなどというい収束するかもわからない理由によって、この鬼のような繁忙期にいつまでも付き合わなければならないのだ。

すなわち、今年も百年祭は残業で潰れることが確定する——その結論に、アリナはうっかり涙をこぼしそうになった。

「だ、大丈夫だ、アリナさん！」

アリナの尋常ではない落ち込みように、ジェイドが慌てた。

「所詮、デマはデマだしな。明日にはギルドから神域スキルに関する情報はガセだって発表するし、デマを流してる奴を止めれば、これ以上騒ぎが大きくなることは——」

「冒険者ってそんな注意喚起一つで収まるような理性的な脳みそ持ってるの……？」

「うっ」

「持ってないわよね……？　だから最近、ギルドの注意も聞かずに裏クエスト見つけようとする輩が増えて、受注数がひっそり増えてるんだし……？」

「そっ、それは……」

冒険者ギルドの力をもってしても、冒険者をコントロールすることは難しい。なぜなら彼らは、受付嬢のような雇われの身ではないからだ。自分の責任のもと、自分の裁量で活動する。ギルドの注意を無視したところで彼らに直接的なリスクは一つもない。たとえガセだと言われても、素直に信じてクエスト受注を控える奴がどれほどいるだろうか。

「でも、まあ、そういう冒険者ばっかりじゃないから、少しは収まると思うんだ……」

「……ひとまず、事情はわかったわ」

ぽつり、とそれだけ言って、アリナは立ち上がった。

「戻って……今日の分の仕事片付けなきゃ……こんなとこで文句言ってたって残業は減らないし……百年祭は待っちゃくれない……」

ぶつぶつ言いながら、アリナは機械のように自らの体を動かし立ち上がった。

「やってやる……どんな絶望が立ちはだかろうと……私は負けない……！　絶対、絶対、絶対に、百年祭を楽しむのよ……！」

8

「アリナさん相当お疲れだったのです……」

瞬く間にイフール・カウンターへとすっ飛んでいくアリナの姿をジェイドが見送っていると、執務室に入ってきたルルリ・アシュフォードが心配そうな声を漏らした。

ぱっつん前髪のおかっぱ頭に、手に持つ魔杖より低い小さな背、極めつけに子供のような幼い顔立ちをした可愛らしい少女は、こう見えて《白銀の剣》に籍を置く優秀な回復役である。

アリナがいる間、ロウとともに入り口に立ちそれとなく人払いをしてくれていたのだ。処刑人の格好をした謎の人物がギルドマスターの執務室で堂々話をしている様など、絶対に見られるわけにはいかないからだ。

「やっぱりデマのせいで相当な数の冒険者が押し寄せたっぽいねぇ……」

そう言って肩をすくめたのは、ルルリと共に入ってきたロウ・ロズブレンダだ。黒魔道士のローブに黒い魔杖を持ち、黒いブーツを履き、首から下まで真っ黒な装備で身を固めた青年で、全身黒ずくめのなか燃えるような深紅の髪が一際目立っている。

「つくづく不憫だよなあ……アリナちゃん」

「うーん残業手伝ってやりたいところだが、他の受付嬢もたくさん残ってるっぽいんだよなあ。さすがに今日は行けないな」

「え、なんでそんなんわかるのリーダー」

きょとんと目を瞬くロウに、ジェイドは得意げにぴんと人差し指を立てて答えた。

「それはもちろん、匂いだ」

「「……匂い……？」」

ルルリとロウがなぜか若干表情を引き攣らせながら声をそろえた。心なしかこちらを見る眼差しに軽蔑するような気配が混ざっている。

「アリナさんから他の受付嬢の香水の匂いがしてたからな。アリナさんは香水とかそういう洒落っ気のあるものは一切つけない……え、なんでそんな目で見てくるんだ？」

「目とか鼻とかが異様にいいってのは知ってるけど、使い方間違ってる気がするんだよなあ……犬かよ……リーダー……」

「ジェイドはそのうち訴えられると思うのです」

「俺悪いことしてないだろ⁉」

「気持ちの問題なのです」

「……」

匂いを嗅いで分析しただけでどうしてこんな言われようなのか——不満げに首をひねっていたジェイドだが、ふいにルルリの顔を見て先程の訓練中の違和感を思い出した。

「そうだルルリ。さっきの戦闘、いつもより治癒光に躊躇いがあった気がしたんだけど、どうかしたのか？」

「……え？」

軽い疑問を投げかけただけのつもりだったが、返ってきた反応は少し予想外のものだった。

ぎょっとしたようにルルリは目を見開いたのだ。

「た、大剣使いさんとは組んだことがなかったから、そのせいなのです」

「……。そうか」

顔色は若干白く、動揺を隠そうとばかりルルリの答えは早口だった。これは言外の理由がありそうだ——そう思ったが、とっさに下手くそな嘘をついたということは、言いたくないのだろう。ジェイドはそれ以上追及しようとはしなかった。

「ルールリちゃん、せっかく予定より早く終わったんだし、たまにはメシ行こーぜ！　じゃんけん負けた方が奢り(おご)で！」

ロウは呑気(のんき)にそう言ってルルリに肩を組み、魔杖(ロッド)で殴られていた。

9

翌日。

「百年祭まであと六日……！　もうあと一週間きってる……！」

イフール・カウンターの事務室で壁掛けの暦を確認しながら、今日も鬼のように積み上がった書類に囲まれ、アリナは猛烈な勢いで事務作業を進めていた。

業務時間は既に終了し、窓の外はすっかり夜闇に満ちている。残業を始めてから長時間が経過していたが「ここらでちょっと一息入れよう」などという気すら起きないほど、残務の山は依然として高かった。

「うーっ、私そろそろあがります……」

げんなりと重いため息をつき、力尽きたライラがデスクに突っ伏す。

「まさかデマが原因だったなんて……しかもこのタイミング。あんまりですよぅ……しくしく」

「でも昨日よりは減ってるわ。ギルドから注意されて少しは冷静になったのかしらあのクソ共」

「殺意しかない言い方やめましょ先輩」

ライラの弱音を聞き流しつつ、アリナの視線はデスクの隅にお守りのように置かれた小冊子に向いた。百年祭の案内本（ガイドブック）である。そこには、今年の百年祭を漏れなく楽しむため、数ヶ月前から百年祭に関するありとあらゆる情報を書き込んでいた。

この案内書（ガイドブック）が、今のアリナの力の源と言っても過言ではない。

「先輩はまだやっていくんですか？」

「もちろん。終わってないし」

「……」

即答するアリナに、ライラが何か物言いたそうにもごもごと口ごもる。数秒そうしていたかと思うと、結局彼女はアリナに言った。

「ね、先輩、もう少し、受注量セーブしませんか？」

「え？」

予想外の提案にアリナが思わず顔を上げると、少しだけ後ろめたそうなライラと目が合った。

「先輩、受注を捌（さば）くのが人一倍速いから……人一倍事務処理量も多いんですよ」

「……まあ、そうかもしれないけど……」

混雑時、アリナは窓口の行列を捌くため、一切の無駄を省いて最速の受注手続きをする。対して他の先輩受付嬢たちは、意図的に手続きに少しだけ時間をかけることで自分が受け持つ受注数を抑えるのである。列で待たされることに嫌気がさした冒険者は日を改めるか、別の窓口へ流れていく。

ライラは純粋にまだ不慣れで仕事が遅いだけだが、どちらにしろ後の事務処理量はこうやって抑えることができるのである。

しかし、一年目にして〝アウトではないがセーフでもない意図的な手抜き〟という社会人の高等手段を見抜くとは、なかなかライラも鋭い子である。

「ちょっと我慢して、ちょっと冒険者さんたちの自慢話に付き合うだけで、だいぶ受け持つ受注数は減るじゃないですか。他の先輩たちもみんなそうしてますよ？　だからみなさん残業もそれほどないんですよ！　そのしわ寄せが全部アリナ先輩に行くなんて、理不尽じゃないですか。アリナ先輩はただでさえ受注数のまとめもしないといけないですし……ね、せめて百年祭までの間だけ」

「あのね、全員でのろのろ受付したところで、受付所に来た冒険者の数が減るわけじゃないのよ。結局は誰かがやんなきゃいけないの」

「そうですけど……それがアリナ先輩じゃなくってもいいじゃないですか……！　誰かがやってくれますよ、きっと！」

「私も激しくそう思う……」

げんなりと頷きながら、しかしアリナはふいっと目をそらし、小さく付け加えた。

「でも私、そういうセコいことするのやだ」

「先輩、そういうのが一番職場にとって都合がいいんですよ……！」

10

深夜。ジェイドは人気のない一室のソファに座っていた。

そこにはさらにロウやルルリといった《白銀の剣》たちと、ギルドマスターグレン、さらにギルドマスターの秘書を務めるフィリが集い、背の低い机を囲んで顔を突き合わせている。

今回の〝デマ〟が、魔神復活に通じる可能性が高いとして、秘密裏に緊急会議を開いたのだ。

「しかしデマか……」

重い沈黙のなか、ぼそりと切り出したのはジェイドだ。

「どうも妙だ。なんで突然、そんなデマが流行る？」

確かに冒険者たちは、受付所や酒場、ダンジョン内などでの交流を介し盛んに情報交換をしている。そのため情報の流通も速いが、時としてこのように間違った情報も拡散されてしまう。

「神域スキルという美味しい情報にみなさんが飛びついて、爆発的に広まっただけのように思えるのですが……何か違和感があるのです？」

「ルーフェスの時と同じなんだ」

ジェイドの指摘に、その場にいた全員がハッと息を呑んだ。

一ヶ月前、自ら仲間を殺して魔神を復活させた冒険者。彼は白銀に恨みを持ち、魔神による白銀全滅を企んでいたが、結局己の命を落とすこととなった。

「ルーフェスも、隠しダンジョンに行けば〝神域スキルを取得できる遺物〟があると断言していた。今回のデマと同じ内容だ。偶然一致するとは考えにくい」

ジェイドが言わんとしていることをロウも察したようだ。

「ルーフェスをそそのかした奴がどこかにいて、今回のデマもそいつが意図的に流してる……？」

「可能性はある。魔神のことを知る誰かが、ルーフェスに白銀を全滅させる手段として魔神という情報を与え、隠しダンジョンの白亜の塔に向かわせた——そして今回は、〝神域スキルを取得できる遺物〟というデマを流して燻っていた冒険者を煽り、隠しダンジョンを見つけさせ向かわせようとしている」

「……」

ジェイドの推理に、ロウは黙り込んだ。彼の表情がぞっとしたように血の気を引かせているのは、その〝魔神を知る誰か〟の目的が、想像できたからだろう。

「……冒険者を使って魔神を復活させようってか……？」

「それしか考えられない」

できれば否定したいところだが、ため息をついてジェイドは頷いた。

隠しダンジョンに眠る魔神は、人間の魂を食うことで復活する。身も蓋もないことを言ってしまえば、命ある人間であれば誰でも復活させられるのだ。

「何考えてやがる。最っ悪だな、そいつ……」

ロウは苦々しげにつぶやき、渋面を作った。無理もない。一ヶ月前、ジェイドたち《白銀の剣》が戦った魔神は、これまで経験したことのない凄まじい強敵だった。

いや、強敵などという言葉で済ませていい存在ではない。

現在は失われてしまった最強格の神域スキルを複数使い、あらゆる攻撃に耐えうる肉体を持ち、あの先人すらも一夜で滅ぼし尽くした存在。おそらく現代の人間が持ち得る力と技術では、到底敵わない相手。……天災、などと言っても、過言ではないだろう。

「ジェイドの考えは一理ある」

それまでじっと話を聞いていたグレンが、ようやく口を開いた。

「今回のデマとルーフェスの言動に共通点が多いのは、偶然じゃ片付けられんだろう。裏で誰かが糸を引いているのは間違いない。もし、嬢ちゃんがいなかったら……あの魔神が白亜の塔から出て、町にたどり着いていたらどうなっていたか……想像もしたくないな」

グレンは口にこそしなかったが、皆その凄惨な未来を容易に想像できた。

かつてヘルカシア大陸に存在していた、神域スキルという強大な力と技術を持った先人たち。しかし彼らは、一夜にして忽然と姿を消し滅んでしまった。先人の貪欲な研究心が神の怒りに触れ滅ぼされた、というのが通説だが、真実は少し違う。

彼らはとてつもない力と肉体を持った〝魔神〟という遺物をつくり、そして皮肉にも、その魔神の手によって一夜で殺され尽くしてしまったのだ。

そんな危険な魔神が隠しダンジョンから解き放たれれば、間違いなく先人たちと同じ末路を辿ることとなっただろう。改めてそう考えると、ゾッと肝が冷える心地がした。そんな危険な存在がまだ複数この大陸に眠っているのだ。

「もし、また同じことが起きて、魔神が復活でもしたら――」

ジェイドの言葉に、ごくり、とロウたちは生唾を飲み込んだ。一転して静寂がのしかかり、重苦しい沈黙が数秒続いて――

「ねえ、ちょっと」

ふいに低い声が割り込んだ。

一同重く垂れていた顔を上げ、一斉に全員の目が声の主に向く。

無機質な部屋の灯りに照らされた、山のような受注書。ぎっちりと書類が保管された棚、整然と並ぶデスク。そのデスクの一つ――とりわけ書類の山が高く、デスク周辺の床にまで物が積まれて、どこかどんよりした空気を漂わせているデスクから、射るような殺意高めの眼差しを送ってくる人物がいた。

絶賛残業中のアリナだ。

「魔神はいいんだけど……あんたら……なんでここに集まってんの……？　私いま残業中なんだけど……？」

そう、ジェイドたちが集まっている場所は、イフール・カウンターの事務室だったのだ。片隅に設けられた来客対応用の机とソファを使って、緊急会議を開いていた。

「いやぁ悪いとは思ってるが、今回は大目に見てくれ嬢ちゃん――あ、これ差し入れだ」

がはは、と一転して重い空気を散らすように笑い、本来こんな質素な場所にいていい人物ではない冒険者ギルドマスターたるグレンが、頭をかいた。脇に控えていた秘書のフィリがそっと菓子の入ったバスケットをアリナに差し出している。

「嬢ちゃんだの魔神がらみだのの話なんてギルド本部でも早々できないんだ。誰が聞き耳立ててるかわからんからな。嬢ちゃんだって関係ない奴に聞かれたら困るだろ？」

「だからってもっと他に場所あるでしょーが！　人の残業の横でボソボソボソボソ辛気くさい話するのやめてくれる⁉」

「まあまあアリナさん、この会議終わったら残業手伝うからさ」

「とかなんとか言って今回も私を巻き込もうとしてるんでしょ！」

「うっ」

「その手には乗らないわよ……！　言っとくけど！　魔神だなんだってのは私関係ないからね！　それはあんたらの仕事でしょーが！」

「お、おっしゃる通りなんだが……」

反論の余地もなく、うむむと唸るグレンの横で、ジェイドが心配そうに声をひそめた。

「なあアリナさん、それよりちゃんと飯食ってるのか……？　頬がずいぶんとこけてるが……痩せる時は胸から痩せるって言うし、ちゃんと食ったほうが」

「あぁん⁉」

ぎろりと殺人的な視線でジェイドを黙らせるアリナに、ルルリも心配そうに口を挟んだ。

「アリナさん、ポーションの過剰摂取は体に悪いって言ったじゃないですか……！　疲れている時はハーブティーとかリラックス効果のあるものを……」

「そんなオシャレな飲み物で残業の疲労が相殺されるわけないでしょ……？」

「ひぃっ」

「俺、料理もそこそこできるんだ。今度栄養のあるもんつくってやるぞ、アリナさん」

「栄養なんかどうでもいいのよ今私がほしいのは百年祭ただ一つ――！」

一層目を吊り上げ、アリナがべきっと羽根ペンを握り潰す。

「言っとくけど今こっちも緊急事態なのよ……！」

　ルルリの忠告を無視して、残業のお供たる眠気覚まし用のポーションをぐびっと荒々しく飲み干し、アリナは物騒な表情で歯をむき出した。

「これはただの残業じゃないの……！　私の……私の百年祭がかかってる――」

　言葉半ばで、はた、とアリナは何か思いついたように、言葉を飲み込んだ。かと思うと一転して目を輝かせ、その視線はグレンに向く。

「そうだ！　マスターのスキルで時を止めれば、残務を片付けつつ定時で帰ることもできるんじゃ!?」

　超域（シグルス）スキル〈時の観測者（シグルス・クロノス）〉。グレンの持つ、時を止めるスキルである。かつてグレンが冒険者として活動していた現役時代、グレンを最強の冒険者と言われるまでにのし上げた稀少（きしょう）なスキルだ。

「悪いがそれは無理だ、嬢ちゃん」

　しかしグレンはアリナの閃（ひらめ）きをあえなく却下した。

「俺のスキルは時を止めることは出来ても、事象そのものに干渉はできない。俺以外の時は絶対に動かないからな――まあ嬢ちゃんは例外だが――だから時を止めている間に事務処理しようとしても、羽根ペンも何も動かんぞ」

「……そんな……」

まあ、冷静に考えればそんな便利すぎるスキルがあるはずないのだが、どうやら追い詰められたアリナはわらにもすがる思いらしい。

しょんぼりと落ちたアリナの視線は、デスクの隅、大量の書類たちに埋もれるようにして置かれた、一冊の小冊子に向いた。それは毎年百年祭が近づくと旅行客用に配布される、祭りの案内本(ガイドブック)だ。

ジェイドがのぞき込むと、やたらとくたびれている案内本(ガイドブック)の表紙には、アリナがこれまでかき集めたと思われる百年祭の情報がいくつも書き加えられていた。表紙だけで溢(あふ)れんばかりの情報量を見せるその小冊子は、中をめくればもっと多くのことが書き込まれているに違いない。

先日から百年祭、百年祭、と異様にこだわっている様子だが、どうやら並々ならぬ熱意を持って、この年に一度のお祭りを楽しみにしていたようだ。

「やっぱり……今年も百年祭……参加できないのかな……うっ、うっ……」

「アリナさん……」

その残業にまみれた受付嬢の、あまりに憐(あわ)れな姿にジェイドは言葉をなくした。墓場のような沈痛な空気が立ちこめるなか、ジェイドは震えるアリナの小さな肩に、そっと手を置いた。

「諦めるのはまだ早いぞ、アリナさん」

「え?」

は、と顔を上げるアリナにジェイドは頼もしく笑ってみせ、親指でびっと自分を指し示した。

「一つ、忘れてるんじゃないか？　この……救世主のそんざ」

「忘れた」

「いやもうそれ絶対思いついてるだろ⁉」

皆まで言わせず白々しく即答するアリナに、ジェイドが慌てた。

「俺が本腰入れて残業手伝えば、同じ時間で今の二、三倍の量はこなせるぞ！　俺が絶対、アリナさんを百年祭に連れてってやる！」

「どぉぉぉせあんたのことだから、下心満載な変な交換条件つけるんでしょ？」

「うっ」

さすが、鋭い。十割正解である。

「いや俺はただ残業手伝う代わりにアリナさんと百年祭でデートしたいなって」

「誰がそんな交換条件のむか！」

「じゃあ二日……いや一日！　一日でいい！　一日でいいからデートしよう！」

「絶対、死んでも、いやなんですけど！」

「そ、そんなにか……⁉」

断固拒否され、今度はジェイドが悲しそうに涙ぐむ番だった。

「なんか勘違いしてるみたいだけど、私は心の底から楽しみたいものは一人で楽しみたいの。同行者に気を遣ったり合わせたりするのが嫌なの！　買い物とかも一人でするタイプなの！」

そう言われてしまうともはやジェイドの入り込む余地は紙一枚の厚さほどもないのだが、しかしめげずに、歯を食いしばってアリナに詰め寄った。

「く……だがアリナさん……！　アリナさんは百年祭初心者だからわからないかもしれないが、祭りってのはナンパ野郎がたくさんいるんだぞ⁉　可愛い女の子が一人で歩いてたらどうぞナンパしてくださいって言ってるようなもんなんだ！　ナンパ待ちとか言われるんだ！　その点俺が隣にいれば安心だ」

「言っとくけどあんたもナンパ野郎も鬱陶しい度合いで言ったら同じだからね」

「なら顔見知りの俺といた方がまだマシだな？」

「なんでそうなるのよ⁉」

「だから俺とデー」

「いーやーだ！　なんでナンパ野郎にあわせて私がやりたいこと我慢しなきゃならないの」

「だが現状、今のままだと百年祭に行けるかどうかも怪しいだろ」

「ぐっ」

ジェイドの指摘にアリナは言葉に詰まった。一転してうなだれ、ぼそぼそつぶやき始める。

「でも……いや確かに……この状況、とても一人でさばききれない……」

ぎゅ、と唇を真一文字に結び、書類を睨みつける。

「背に……腹は代えられない……百年祭は全部で三日ある……一日だけ、一日だけ身を切る思いでこいつと付き合えば、あと二日は楽しめる……一日反吐が出るような嫌な思いをしても二日で帳消しにできる……！」

「アリナさんたまに心の声がそのまんま出てるけどそれ絶対わざとだろ……」

「わかったわ」

「ほ、ほんとか⁉」

ついに折れたアリナが、いかにも忌々しげに、承諾した。

「その代わり！　絶対、百年祭行くわよ……！　この残業をブチ倒すわよ！」

「任せろ！　頑張ろうな、アリナさん」

「……あー、お二人さん」

ようやく話がまとまった様子を見て取ったグレンが、ここぞとばかり気まずげに声を上げた。

「夫婦漫才もいいが、そろそろ本題に戻っていいうげがふッ⁉⁉」

瞬間、アリナの鉄拳がグレンの顔面に飛んできて、グレンの巨体はそのままソファごと綺麗にひっくり返った。

「マ、マスター様⁉」

それまで影のように控えていたフィリが血相を変えてグレンに駆け寄る。

「ちょっと……こちとら残業で気が立ってるのよ……今度軽率にそういう時代錯誤のおっさん臭いいじり方したら前歯三本折るからね……」

「す……すまんかった……」

よろよろとソファを戻し、グレンは咳払いを一つして話を戻そうとした時——

どさどさどさ！　と音を立て、近くの棚に雑多に積み上げていた書類の山が崩落した。

「え？」

思わず間抜けな声をあげるジェイドの前で、連鎖を起こし付近の山も次々崩壊していく。あっという間に大量の書類で床が埋まった光景に、ジェイドはあんぐりと口を開けた。

「もしかして……これ……全部未処理の書類か……⁉」

「……そうよ……」

答えたアリナが、よろよろと書類の山を片付けにかかる。てっきりアリナのデスク上に積まれているものが全てと思っていたのだが、どうやらその見立ては甘かったらしい。見かねたルルリやロウも手伝うなか、おもむろに、ぐしゃっとアリナが手元の書類を握りしめた。

「もうやだ……もうやだ……！」

その涙が浮く翡翠の瞳は、次の瞬間、ぎん！　とグレンに向いた。

「ねえ……！　さっきデマは誰かが意図的に流してるって言ってたわよね……⁉」

「あ、ああ。その可能性が高——」

皆まで聞かず、書類をぶん投げたアリナはグレンの胸倉を締め上げげた。

「デマを流してる奴を教えなさい……！　私が、直々に、ぶっ殺してやる……‼」

視線だけで十回くらいは殺されそうなアリナの眼力は、歴戦の冒険者たるグレンをも震え上がらせた。

「そ、そりゃ、デマの発生場所はある程度特定しているんだが、まだ明確に誰とは……それにデマを言いふらしている奴(やつ)を叩(たた)いても、嬢ちゃんの残業が今すぐなくなるってわけじゃ……」

「教えなさい」

あまりの恨みと怒りに顔面崩壊を起こしながら、アリナが歯をむきだしてグレンに迫る。

「そいつは今なおいけしゃあしゃあとデマを流し続けているんでしょう……？　そしてデマを信じるクソ冒険者が生産され続けているんでしょう……？　一分一秒たりとも生かしておけない。ねえ、そうでしょ⁇⁇」

「……ま、まあ、けしからんことは事実だ。できればデマ野郎は情報が欲しいから生かしておいてはほしいんだが」

「今年の百年祭は……私の生きがいなのよ……‼　しがない一受付嬢の……一労働者の！　自由と尊厳をかけたイベントなのよ‼　それを、それをぉぉぉッッ！！！　デマなんかで軽率に潰そうとしやがって‼　許さない、この手で直々にぶち殺してやる‼‼」

深夜の事務所にアリナの怒りの咆哮(ほうこう)が響き渡る。慰めの言葉すらかけられない荒々しい怒気に、事務室の中は凍りついたのだった。

11

百年祭まであと五日。

この日、アリナはうっそうと木々が生い茂る深い森の中を歩いていた。

C級ダンジョン、「永久の森」。この森は、やや特殊だ。

通常は先人たちの造り残していった建築物が〝遺跡(ダンジョン)〟と呼ばれるが、永久の森はごく一般的な森でありながら、ダンジョンという位置づけをされていた。

なぜなら、ダンジョン内にのみ発生するはずのエーテルがこの森にも充満し、結果、エーテルに吸い寄せられた魔物が多く棲(す)む森となっているからだ。

とはいえ、永久の森に集まる魔物はそれほど強くなく、階層も一つ。ダンジョンには普通、階層毎(ごと)に最もエーテルの濃い箇所——通称〝ボス部屋〟とよばれる場所が形成されるが、広大な面積を持つ永久の森にはそれがなかった。空気の流れが停滞しがちな建築物でないためか、エーテルの濃度が一定に保たれているおかげだ。

イフールにもほど近く、いざとなれば転移装置(クリスタル・ゲート)に頼らずとも町へ戻れる。そのため永久の森は駆け出し冒険者の練習場所として重宝されていた。

「アリナさんが大事にしてる有給休暇を使うほどとは……よっぽどなんだな……」

木々の合間の道ならぬ道を進みながら、隣を歩くジェイドがぼそりとつぶやいた。

「デマ野郎はここで潰す。大丈夫。ライラに今日は死んできてって言ってあるから」

アリナ先輩の裏切り者――ッッ!!　と涙と鼻水で顔面をぐじょぐじょにしたライラに罵倒されたが、ライラを切らせて原因を断つ――もとい、肉を切らせて骨を断たなければ、この異常事態は終わりを見せないのだ。多少の犠牲はやむを得ない。

「一応言っておくが、今回デマを流している奴がルーフェスを唆した奴と同一人物なら、情報を聞き出したい。くれぐれもうっかり殺さないように――」

「善処するわ」

「……」

「ていうか、本当にこんな場所にデマを吹聴してる奴がいるの……？　酒場とかじゃなくて？」

アリナは改めてしげしげと森の中を見回した。

乱立する背の高い木々。絡まり合うように伸びる枝葉が自然の天井をつくり日差しを遮っている。日中だというのに森は薄暗く空気は冷え、硬い土壌からは根が浮き上がって歩きにくい。

「ここを訪れる冒険者は多いからな。情報の拡散場所としては悪くない。そもそも酒場に集まってる冒険者なんて大抵酔っ払ってるからまともな会話にならないし」

「……なるほど。じゃあ――」

ジェイドの説明に納得しつつ、次にアリナは自分の着ているローブの端をちょっとつまんで、頬をひくつかせた。

「この仮装は……一体なんなわけ？」

アリナは今、いつもの処刑人に扮する外套――ではなく、白魔道士用のローブを深々とかぶり、持ち慣れない魔杖を持って、フードで顔を隠していた。

いつもと異なる格好をしているのはアリナだけではない。ジェイドは黒魔道士のローブに長い魔杖、ロウが軽鎧に長剣を腰に下げ、ルルリが盾役用の大盾を背負っているのだ。ルルリにいたっては、盾を背負っているというより完全に盾に背負われている。

「ルルリとか……体より盾が大きすぎて、後ろから見たら足の生えた盾が歩いてるようにしか見えないんだけど……」

「ぷーくくっ、マジでそれずっと思ってたんだよな。さっきから盾がもそもそもそもそしながら森歩いてるの、超ウケる」

「ロウ……！　あとで覚えてるのです……！」

うぎぎ、とルルリの悔しそうな声と歯ぎしりの音が、盾の向こうから聞こえてくる。

「いやそれより俺はアリナさんが癒やし担当ってのが末恐ろしいんだが……」

「何が言いたいのよ」

「じ、情報班が集めた話じゃ、駆け出し冒険者を狙ってデマを吹き込んでるらしいからな」ぎ

ろりと睨むと、ジェイドは慌てて説明し始めた。「白銀だと気づかれない方が都合がいい。これは仮装じゃなくて変装なんだ」

「でも、こんな装備もなんだか懐かしいよなぁ」

駆け出し冒険者に偽装するための安物の軽鎧を見下ろし、ロウが笑った。皆の装備も同様に、どれも市場で安価に売られ、容易に入手できる一般的な流通武器ばかりだ。

「駆け出しの頃を思い出すぜ。あん時はこーんな装備でも、嬉しかったんだよな。俺冒険者やってるー！　って感じで。な？　盾おばけちゃん」

「むぐぐぅ……！」

再び歯ぎしりしつつも、言い返せる言葉がないのかルルリはふんとそっぽを向いた——と、思う。何しろ盾が邪魔で何も見えない。

「駆け出し……」

ぽそり、と小さな声が、盾の向こうからふいに聞こえた。

「……そうですね」

疲れているのか、少しだけ元気のなさそうな声だった。

12

「ここだ」

言われてアリナは足を止めた。ジェイドの案内で辿り着いたのは、鬱蒼（うっそう）としていた視界が開けた場所。目の前に小さな湖が広がっていた。

「湖……？」

まるで空から降ってきたかのように、巨大な岩が中心にどんと置かれた変わった湖だ。苔（こけ）むして緑色になった巨岩は一種ものものしい空気を纏（まと）っていたが、とはいえ昼の陽光をキラキラと跳ね返す水面は、ダンジョンというにはほど遠いのどかな景色だ。

「苔岩（こけいわ）の湖。ここは冒険者のあいだじゃ有名な休憩場所だ。エーテルの密度が薄くて、魔物があまり寄ってこない」

確かに畔（あぜ）周辺は踏み固められ、椅子代わりの丸太や切り株などが残っていて、これまで幾人もの冒険者が休憩に使ってきたと思われる形跡があった。

「しばらくここで休む」

「休む……？」

アリナの怪訝（けげん）を無視して、ジェイドはおもむろに武器を置き、いかにも経験の浅い駆け出し冒険者のように無防備にくつろぎ始めた。

「まーリーダーがそう言うなら、ちょっと休もうかね」

やれやれと肩をすくめつつ、ロウやルルリも同様に武器を手放して座り込む。ルルリは重い盾を背負ってきた疲れで完全に伸びていた。仕方なく、アリナもいそいそと腰を下ろす。

「か……肩が……パンパンなのです……」

「これでも軽い方を選んだんだけどな……だからあれほど片手に装備できる円盾にした方がいいって言ったのに」

「でも、それだと顔が隠せないのです」

げっそりしながら、ルルリが後悔に顔を歪めた。

「最初に持ってみた時は、これならいけるって思ったのです……！」

「そりゃ、一瞬背負うのと長時間背負い続けるのじゃ全然違うからな」

「ギブアップの時はアリナさんと交代するのです……」

「ちょっと」

「ところでアリナさん」

ふいに神妙な顔つきになって、ジェイドがアリナをじっと見つめた。

「なによ」

「ここ、湖だけどわりと深くて、水が綺麗で、泳ぐと気持ちいいらしいんだ。この辺の冒険者は、たいてい駆け出しの頃に苔岩までタッチして戻ってくる遊びをやってる」

「ふーん」

「気晴らしに泳がないか？」

キリリといたって真面目な顔で、ド直球にジェイドが提案した。

「もちろんアリナさんの遊泳用の衣装も俺がすでに用意しごぶあっ」

のたまうジェイドの後頭部を掴み、アリナはそのまま無言で湖に沈めた。

「死にさらせ変態白銀野郎」

「ぶごっぐごおっ」

水に沈められてもがくジェイドと、それを冷たく見下ろすアリナを遠巻きに眺めながら、お馴染みの光景に慣れきったロウとルルリがのんびりと携帯飲料を飲みながらため息をついた。

「今のはジェイドが悪いのです」

「俺もそー思うな」

「――やあ、楽しそうですねえ」

ふいに、穏やかな男の声とともに、一組のパーティーが湖畔に姿を現した。

「君たちも休憩ですか？」

男性四人組のパーティーだ。その中で最も年長者と見える、リーダー格らしき中年の回復役が、人当たりのいい柔らかな物腰で尋ねた。

「ええ。俺たちまだ駆け出しで。永久の森で練習してるんです」

いつの間にか復活したジェイドが、やや声色を高くしてさらりと嘘をつく。

「いやぁ熱心ですね。じゃあ僕たちも、ちょっとご一緒して休憩しましょうか——あ、僕はハイツと言います、よろしく」

よっこいしょと声をかけて座り込むや、彼はのんびりと世間話を始めた。

13

「——ところで君たちは、裏クエストって知ってますか？」

話も長くなってきた頃、ふいにハイツがそう切り出した。

「裏クエスト？」

彼の世間話の相手をしていたジェイドは、知らない風を装って首を傾げる。

「ええ。駆け出しじゃあまだ聞いたこともないでしょうか。この大陸には、誰も知らない、隠されたダンジョンがある……なーんていうのが昔から言われているんです。裏クエストを受注すると、出現するらしいですよ」

「そこに行くと何かいいことでもあるんですか？」

「……もちろん。〝特別な遺物〟があるのですよ。神域スキルを発芽できる遺物……と言ったほうがわかりやすいでしょうか？」

「神域スキル⁉」

「ふふ。夢みたいな話ですよね。今では失われた最強格のスキル……それが手に入れば、もうこんな場所で練習なんかしなくても、一瞬で強くなれるのですよ？」

「確かに……！」

いかにも新人らしい純粋な声を弾ませたジェイドは――しかし一変して、にわかに声色を戻しぼそりとつぶやいた。

「――でもそれ、本当か？」

は、とハイツが表情を強ばらせる。突如雰囲気を変えたジェイドから、警戒するように距離をとった。ジェイドは油断なくハイツを観察しながら、深々とかぶっていたフードをとる。

「……白銀のジェイド・スクレイド⁉」

素顔をさらしたジェイドを見て、逆にはめられたのだと悟ったハイツが血相を変えた。仲間の男たちも慌てて立ち上がるが、すでにアリナたちが彼らを取り囲み、退路を潰している。

「く……！」

「この休憩場所で待ち伏せて、適当なパーティーが来たら偶然を装って話しかける……そうやって冒険者にデマを流しまくってたわけだな」

「《白銀の剣》……ギルドの差し金ですか……！　ずいぶんと手が早いのですね」

「ルーフェスもお前たちが唆（そそのか）したのか」

「ルーフェス……？　知りませんね。僕たちはただ黒衣の男から神域（ディア）スキルの話を聞いただけ」

「黒衣の男……？」

は、とジェイドは腰の魔杖（ロッド）を抜いた。ほぼ同時、斬りかかってきた男の剣を魔杖（ロッド）で受ける。右目に眼帯をし、背中に大盾を背負った盾役（タンク）だ。男は不敵にくく、と低く笑った。

「奇妙な変装までして、ご苦労なこったな。まさかこんなデマ一つに白銀が出張ってくるとは。どうやら《白銀の剣》ってのは相当暇らしい」

ちゅん、と言葉半ばにして、男の姿がかき消えた。

いや。横合いから何か凄（すさ）まじいものに殴り飛ばされたのだ。一拍おいて、ずざざざ！　と地面をえぐる音をたて、土の轍（わだち）をつくりながら男はもみくちゃになって吹っ飛ばされていた。

「「「……」」」

そのあまりに容赦ない攻撃に、敵も味方も、思わず無言だった。皆の視線は、ある一点へ……男の嫌みを皆まで聞かず、問答無用で殴殺した人物へ向いた。

すでに怒気に揺らめく大鎚（ウォーハンマー）を取り出した、アリナである。

「やっと出てきたなクソデマ野郎……」

白魔道士の癒（いや）しのローブから並々ならぬ殺意を滲（にじ）ませ、アリナは低くつぶやいた。

「死ね」

「そ、そのスキルと大鎚（ウォーハンマー）は……処刑人!?」大鎚（ウォーハンマー）を見て、ハイツは目を剝（む）いた。「白銀に加わったという噂（うわさ）は本当だったようですね……!?」

ハイツが何か仕掛けようと、ちら、と後ろの仲間へ視線を投げかけ手を突き出した。構わず、アリナがゆっくりと大鎚（ウォーハンマー）を構えた——その時だ。

「ま……待ってください！」

声を上げたのはルルリだった。

「アイデン……アイデンではないですか!?」

ルルリの視線は吹き飛ばされた盾役（タンク）に向いていた。彼女の切羽詰まった声に、はっとアリナの手が一瞬止まった。

「スキル発動〈空の超越者（シグルス・ムーヴァ）〉！」

その隙をついてハイツが叫んだ。湖の畔（ほとり）に赤いスキルの光が迸（ほとばし）る。スキルの攻撃にアリナは身構えたが、彼の手から迸（ほとばし）る赤い超域（シグルス）スキルの光は、敵ではなくハイツたちに向いた。赤光（しゃっこう）はたちまちハイツとその後ろに控える二人の男を包み込み——そして、一瞬でその姿を消してしまった。

「消えた……？」

「空間移動系のスキルか……！」

転移装置(クリスタル・ゲート)と似たような現象からジェイドはスキルの正体に気づく。次いでその目は盾役(タンク)の男に向いた。仲間に置いて行かれ一人残った彼の姿はボロボロで、殴打(おうだ)の衝撃に外套(がいとう)が引きちぎれ、はだけている。

彼には右腕がなかった。右目の眼帯と合わせ考えても、重量級の大盾使いとしてはかなり不利な体だ。いや、不利なんてものではない。そもそも片腕で盾役(タンク)は務まらない。剣を抜いたらもう盾を持てないからだ。

「ルルリ。知り合いか？」

厳しい視線で問うと、ルルリは黙したまま答えあぐねていた。しかし数秒、じっと男を見つめてからはっきりと頷(うなず)いた。

「その、腕と、目……間違いないです。私の、昔の――」

「く……くくっ」

ルルリの言葉を遮り、アイデンが低く笑い声を漏らした。仲間の姿が消え、置いて行かれたことに気づいたようだが、気にもせず肩をすくめてみせた。

「これはこれは。懐(なつ)かしのヒーラー様」

「……やっぱり……アイデンなのですね……」

ぎゅ、とルルリが魔杖(ロッド)を握る。その顔は険しく、どこか後ろめたさのようなものもあった。

「なんで……なんであなたがこんなことを……デマを流して何がしたいんですか！」

「デマ？　違う。神域（ディア）スキルはあるんだよ」

ぼそり、とアイデンは暗くつぶやいた。

「そもそもお前はエラそうに俺を説教できるのか？　なあ……人殺しルルリちゃんよ！」

のんきな湖の畔（ほとり）に、一時、沈黙が降りた。

「……人殺し？」

ぽつり、とジェイドは眉をひそめる。思わず視線をルルリに向けたが、そのひどい言われようにも、ルルリは黙って俯（うつむ）くだけで否定しようとしなかった。

「そのチビをいつまでも回復役（ヒーラー）に置いておくと、死ぬぜ？　なにせそいつは仲間なんて平気で見捨てる、人殺し回復役（ヒーラー）なんだからなあ！　ぎゃははははぶあッ⁉」

気持ちよさそうに高笑いするアイデンが、突如横っ飛びに吹っ飛ばされた。その頰に、空気を読まない大鎚（ウォーハンマー）が盛大に叩（たた）き込（こ）まれたからだ。

「へぶっ、がっ」

地面を何度か跳ねて転がりながら、最後はバシャアン！　と湖の浅瀬に突っ込んでようやく止まる。よろよろと起き上がったアイデンは一瞬何が起きたのか理解していないようだったが、困惑する白銀たちを置いて一歩前に進み出たアリナと、その手に握られた大鎚（ウォーハンマー）を見て大方理解したようだ。

「ひ、人が喋（しゃべ）ってる時に何しやが……⁉」

「ルルリが人殺しかどうかなんて、ンなこたァ今はどうでもいいのよ三流野郎……」

「さ、三りゅっ、いやどうでもよくないだろ⁉」

「あんたらが軽率に流したデマのせいでね……こっちは散々な目に遭ってるわけよ……！　現場の最前線で戦ってる労働者の気持ちが、デマ一つで振り回され、ずっと前から楽しみにしているイベントすら潰されそうになる……受付嬢の気持ちがあんたにわかる……？」

「は？」

　ぎらりと目を光らせ、問答無用でアリナは大鎚(ウォーハンマー)を構えた。いつもの処刑人の外套(がいとう)ではなく癒やしを与える白魔道士の格好なだけに、殺気を放出するその物騒な様が余計際立(きわだ)っている。

「ほか三匹は逃したけど……言ったはず……デマ流してる奴(やつ)らは……ぶち殺すと‼」

「ちょ、ちょちょちょ、待て！　俺は今からそこの人殺し回復役(ヒーラー)の過去を――」

「うるさいそういう長ったらしい過去話は後から本人に聞くわ死ねえええええええ――――ッッ‼」

「お、おわあああああッッ‼‼」

　アリナの怒声とアイデンの悲鳴が昼の森の中に響き渡り、直後、木々を揺らす凄まじい振動がずどんと駆け抜けて、羽を休めていた鳥という鳥が森から飛び立ったのだった。

14

百年祭まで、あと四日。

昨日、永久の森でデマを流している犯人の一人の捕縛に成功したのだが、アリナの表情は暗い。結局、逃げた他の三人の居場所は突き止められなかったのだ。

とはいえ正体がばれた以上デマを流すことはないだろう、というのがグレンの考えだった。ハイツたちの行方はギルドの情報班が追っており、名前と顔を公開し指名手配している。ひとまずはこれ以上根も葉もないデマが出回ることはないはずだ。

「先輩昨日どこ行ってたんですかぁぁぁぁ――ッッ‼」

アリナが出勤するや、ぶわっと涙を流してとびついてきたのはライラだ。

「すっごく……すっごく大変だったんですよ……！　主に私が……！　いつも助けてくれるアリナ先輩がいないから……！」

「謎の体調不良に襲われたのよ」

「めっちゃくちゃ声いきいきしてたじゃないですか⁉」

「同僚が〝謎の腹痛〟だとか〝朝から頭痛で〟とか明らかに嘘(うそ)臭い理由で休む時はね……いろいろ察してそっと体調不良として受け取るのが社会人(レディ)なの……わかった？」

「なんですかその新常識⁉」

「さーて！　今日も一日がんばるわよ……百年祭はもうすぐそこなんだから！」

＊＊＊

今日も怒濤の窓口対応に追われ、業務終了後。

すっかり誰もいなくなった事務室で、アリナは山盛りの書類をげんなりと見下ろしていた。

「デマ野郎は捕まえたけど……さすがにすぐ波が引くってわけにもいかないか……」

思わず深いため息が漏れる。

「そういえば今朝の新聞でデマを流している犯人の一人を捕まえたとか言ってましたねー……」

昼間の業務だけでヘロヘロになったライラが、来客対応用のソファにぐでっと寝転びながらぼんやりつぶやく。

「まあこれだけ爆発的に広まった情報だからな。そうそう収束しないだろ……」

顎に指をあて、アリナの隣のデスクに座って神妙に言ったのはジェイドだ。

「――ところで、あのー」

ソファから体を起こしたライラが、ふいに真顔になって、当然のような顔でデスクに座っているジェイドに、首をかしげた。

「そこ、私の席なんですが……ジェイド様……」

言ってから、ライラは目の前の光景の異質さにようやく気づいたとばかり、徐々に目を大きくし、疲労も忘れてガタガタと震え始めた。

「ていうか……ていうかですよ……⁉　なんで当然のように白銀のリーダーでありギルド最強盾役（タンク）の御方が、私のデスクに座ってアリナ先輩の残業手伝ってるんですか⁉⁉　どういう状況⁉　ねえこれどういう状況⁉」

「そりゃ、見ての通りだ」「見ての通りよ」

ジェイドと同時に答え、アリナは何食わぬ顔で事務作業を進めていく。

「ちょっとしたツテで手伝ってもらってるの。大丈夫、コイツ事務作業できるから。それよりライラ、へたってないで今日の分の残務片付けるわよ。今は一分一秒でも惜しいの……こんなのに割いてる時間はない！」

「いや……いやいやいや、無理ですって！　ジェイド様がいてコイツだのこんなのだの言われてるなか、それを一切疑問に思わず残業に徹しろって方が無理ですって……」

「残業手伝ったら百年祭でアリナさんと一日デートする約束してるんだ」

「な、なにー⁉」

ジェイドが横から余計な情報を開示してくるせいで、ライラはさらに混乱したように目を剝（む）

いた。しかし数秒後には「いやこれは……！」と一転してきらりと目を光らせた。

「なるほど……なるほど！　そういうことなら、応援しますよジェイド様、その恋を！」

ソファの上に立って拳を突き上げる。先程までの疲労はどこへやら、ライラが叫んだ。

「このライラは嬉しいです……！　アリナ先輩、せっかく美人なのに色気がないというか男の影が皆無というか、お洒落もしないし媚びも売らないし殿方に誘われても笑ってない笑顔で一蹴するし、あまつ窓口に来る冒険者たちを虫以下みたいな目で見てるし、〝休みの日なにしてるか分からない人ナンバーワン〟とか言われちゃうしで、その……なんというか先輩相手に非常に言いにくいんですが日々仕事だけして枯れ果てさしあげてらっしゃるので……少しはこういう潤いが必要だと思ってたんですよ！」

「ねえ馬鹿にしてるでしょ」

「これも一つの愛です！　先輩を思うがゆえの！　ジェイド様お願いです。アリナ先輩、あのカップルの魔窟・百年祭に一人で行くとか言ってるんですよ！　絶対阻止してください！」

「よし任せろライラ。ところでちょっと疑問なんだけどいま殿方に誘われてるって言った？　アリナさんって結構そういうのあるの？」

「はー、アリナ先輩いいなぁジェイド様に想いを寄せられるなんて……結婚すれば玉の輿、受付嬢なんて寿退社して、愛妻家のイケメン旦那と遊んで暮らせるなんて……」

「なんで私がコイツと結婚しなきゃいけないのよ。冗談言うのやめてくれる」

「え？」

ぱちくり、とライラが大きな目を瞬いた。

「えええええ⁉　そんな選択肢あります⁉　ジェイド・スクレイド様といえば冒険者として成功した一人ですよ⁉　その年により多くの報酬金額を稼いだ冒険者が名を連ねる〝長者番付〟に十三歳からすでに入り、遊んで暮らせるだけの貯蓄があると言われているあの……！　おまけに長身でマッチョでイケメンで強くて――」

「はいはいすごいすごい」

「いまアリナ先輩が書類のインク乾かす台に使ってるその大盾も！　私たちの給料ウン年分くらいするんですよ⁉⁉」

ずびしぃ！　と指さした先には、あまりの書類の多さに置き場所がなくなり、ついに台座として使われているジェイドの大盾が転がっていた。

改めて言われてみると、確か一ヶ月前のシルハの戦いでジェイドの大盾は全損していたので、新しく買ったものだろう。遺物武器というのは遺物のなかでも希少価値が最も高いものなので、下手したら家一軒購入して余りあるくらいの値段がついたりしている。それをぺろっと用意してしまえるあたり、確かに彼の財力は相当なものなのかもしれない。

だが、アリナはライラの安直で卑賤な指摘を一蹴した。

「黙りなさい。この世にはね……金じゃ語れない喜びがあるのよ……！」

「ヒッ」

ぎろりと凄まれ、ライラが小さく悲鳴を上げる。

「労働のあとに一人で飲むお酒！　休みの前の夜更かし！　甘い物独り占めできる至福……！」

「ち……小さい……」

「なにより……！　他人が稼いだ金じゃなく、自分の血と汗で稼いだ金だからこその自由がある！　無駄遣いができる！　くだらないものを心置きなく買える！　ハナから他人の稼ぎを当てにして生きるような、チョロい人間じゃないのよ私は！」

「……ジェイド様、どうしてアリナ先輩のこと好きになっちゃったんですか？」

「俺アリナさんのああいう頑固で幸薄そうなところわりと好きなんだ」

けろりと答えられて、ライラは口をつぐむしかないのだった。

「……それはそうと、ジェイド様の事務処理、すごくないですか……？」

ふと神妙な顔で、ライラは今更気づいたようにジェイドの処理した書類を見て目を丸くする。

「さっきから二人体制チェックをしているのですが、一つもミスがありませんよ……!?」

ライラの驚愕に、アリナはむっつりと唇を突き出した。そう、ジェイドの事務処理能力は高い。いや秀逸である。しかも奴のすごいところはそれだけではない。

「あ、アリナさん、さっき言ってたこの記入ミスの奴なんだけどさ――」

ジェイドが持ってきたのは、冒険者が誤った記入をしたまま気づかず受理してしまった受注書である。

本来であれば窓口で発見しその場で本人に書き直してもらうのだが、こうした後追いでの発見は非常にやっかいだ。後日、本人に修正してもらうという二度手間で済むならまだいい方で、発見が遅れるほどカウンター長権限では事態の収拾ができず、さらに上のギルド本部の所属長印まで必要となってくる。別部署の報酬金係にまで話が及んだりしたら終わりだ。報告書の作成だの経緯説明だのと、たった一枚の受注書にどんどん時間が溶けていく――

「調べたら過去にも同じ実例があって、実害自体はないから修正報告書作ればそれでいいみたいだ。印もカウンター長レベルでいいから本部への報告は不要だな。明日もらっといてくれ」

「か、過去事例まで調べているんですか⁈」

ライラが驚愕(きょうがく)の声を上げた。

驚くのも無理はない。いまジェイドが自力でさらっとやってのけたのは、まだライラにも教えたことのない作業である。

そう、ジェイドのすごいところは柔軟なトラブル処理能力。

〝安易に人に聞かずにまずは自分で調べる〟という思考回路を持ち、過去の書類の山から的確に類似例を見つけ出し、自力で解決策まで辿(たど)り着くことができるのだ。おまけにそれを独断でやらず、必ず事前事後にアリナに報告してくるのである。

残業まみれの繁忙期にこれをこなしてくれるのは、非常に悔しいが神と言えるほどありがたい。

「何なの……こいつの完璧な事務能力……普通に即戦力なのがまたムカつく……!!」

「先輩私も自信なくなってきました……」

ぐぎぎぎ、と歯ぎしりをするアリナの横で、ライラががっくりと肩を落としていた。

15

「——ライラ、おいライラ」

ジェイドが机に突っ伏すライラの肩を小さく揺さぶると、新人受付嬢は「ふぁ?」と間抜けな声を漏らして顔を上げた。口(くち)の端(は)からよだれが垂れて、枕にしていた受注書にシミが出来ていた。

「もう限界だろ。帰って寝た方がいい。明日もあるし」

「……うう、アリナ先輩は——あ、まだやってくんですね……」

言葉の途中でアリナのデスクを見て、まだ山盛り積まれた書類で全てを察したようだ。アリナは眠気覚ましに外の空気を吸うと言ってこの場にいない。

「まあでも、大分片付いたからな。見えてきたぞ百年祭」

「それなら私も心置きなく帰れます！」

自分のことのように喜び、ライラは手際よく帰り支度を始めた。がさがさと書類まみれの机の上を片付けながら――ふいに、ぽつりとライラがつぶやいた。

「……ジェイド様。アリナ先輩は、本当はすっごく優しくて強いんです」

「え？」

思わず顔を上げると、先程までの寝ぼけて緩んだ表情はなく、少しだけ悲しそうなライラと目が合う。

「だってアリナ先輩、新人の頃から一人で残業してたらしくて、すごく辛い思いをしてきたのに私の残業にはちゃんと付き合ってくれるんです。私も苦労したからお前も苦労しろ！　じゃないんですよ。それって心が強い人じゃなきゃできないじゃないですか」

「……アリナさんが優しいのは俺も知ってるよ」

そう答えたジェイドの脳裏には、一ヶ月前の記憶がまざまざと思い出されていた。

瀕死のジェイドを見てぽろぽろと涙をこぼした彼女。こらえるように引き結んだ口。それでもあふれた綺麗な涙。自分のために泣いてくれ、残業も受付嬢としての平穏も、何もかも放り出して助けに来てくれた。

もう二度とあんな顔はさせたくない。

「アリナ先輩、びっくりするくらい誰にも頼らないんですよ。私なんかはすぐ誰かに助けを求めちゃいますけど。アリナ先輩はどんなに仕事が溜まっても、どんなことがあっても無理して一人で解決しようとするんです。誰かに助けを求めるのが下手くそで、一人で頑張りすぎちゃう人なんです。だからアリナ先輩がジェイド様に頼るなんて、びっくりしました」

ふふ、とライラは嬉しそうに笑い――ふいに少しだけ視線を落として、ぽつりと言った。

「ジェイド様は、アリナ先輩を支えてあげてくださいね。……たとえこの先何が起ころうと」

「？　ああ、言われなくてもそのつもりだ」

ライラの顔には、どこか暗い影が落ちていた。どうしてそんな悲しげな表情になるのかとジェイドが怪訝に思ったのは一瞬で、ライラの影はすぐにぱっと笑顔の中に消えていった。

「じゃ、私お二人の愛の巣を邪魔したくないので帰りますね！」

ジェイドの返事に満足したようににこりと笑うと、ライラはあっという間に帰り支度を済ませ、イフール・カウンターを去って行った。

「……」

一人になった静かな事務所で、ジェイドは椅子に深々と腰掛け、天井を見上げた。

「……強く……ならないとな……」

超域スキル。今の力のままでは、神域スキルを使う魔神と互角に渡り合えない。それどころか、敵の攻撃を受けきれない盾役などお荷物同然だ。

神域スキルさえあればな――そんな邪心がちらりとよぎる。

神域(ディア)スキルほしさに躍起になる冒険者の気持ちが、今のジェイドにはよくわかった。魔神という超越的な存在を知ることがなければ、わからなかった気持ちだ。

未知なる力は魅力的だ。それさえ手に入れれば、今の悩みが全て解消される気がしてくる。いや、それくらいの力でなければ、もはやこの途方もない問題は解決しない……そんな錯覚にさえ陥ってしまう。

（だけど、違う、そうじゃない）

実在するかも定(さだ)かではないあやふやな力に頼る前に、今できる小さな一歩の方が大事だと、ジェイドは師からそう教わった。ギルド最強盾役(タンク)などと言われるようになってもそれは同じだ。

「超域(シグルス)スキルで神域(ディア)スキルに勝つ方法か……」

実は一つだけ思いついている。というか、かつてまだ経験の浅かった未熟な自分が、短絡的に思いついた、〝超域(シグルス)スキル以上の力を発揮する方法〟。しかしそれは理論上あまりに危険で、実際試して死にかけ、盾役(タンク)の師に「お前はアホか」と一蹴された方法だ。

「……やってみるか。もうそれしかないしな」

16

夢を見ていた。

ルルリは暗く深い森のなかにいた。そこには二つの死体があった。

魔杖（ロッド）ごと腕を食いちぎられ、首があらぬ方向に曲がった黒魔道士。木の根元に転がる剣士は鎧（よろい）と腹を引き裂かれて全身を真紅に染め、うつろな目で沈黙している。

「なんで……」

右腕を失った盾役（タンク）が、怨嗟（えんさ）に声を震わせ、犬歯をむき出した。

「なんで回復しなかった……！」

ルルリを振り向いた彼の顔の右半分は、痛々しい裂傷が刻まれていた。右耳がそげ落ち、右目は潰れ、今なおどくどくと血がこぼれ落ちていく。

「ごめんなさい、ごめんなさい、ごめんなさい……」

ルルリの頭の中は真っ白で、混乱していて、ただひたすら謝ることしかできなかった。違う、私はちゃんと回復しようとした。助ける意思はあった。でもこの状況はどうしようもなかった……そんな言い訳すら言えなかった。アイデンはルルリをさらに責め立てた。

「この——！」

人殺し。

罵られた声が、別の男のものに変わった。

は、と顔を上げると、アイデンは消え、代わりに銀髪の青年が立っていた。彼を知っている。

仲間思いの、頼もしいリーダーだ。

だが——ごとり、と何の前触れもなく、彼の首が転がり落ちた。

「ひっ……!?」

どちゃ、と崩れ落ちた肉塊の向こうに、たくさんの死体が転がっていた。

赤い髪の、いつも茶化してくる黒魔道士の男。いつも仏頂面（ぶっちょうづら）で、残業に追われてて、でも誰より強い受付嬢の女の子。

「——ッ!!」

どれも見知った顔で、どれも守りたくて、しかし彼らは血にまみれ、息絶えていた。

人殺し。

私が殺したんだ。

私が——

＊＊＊＊

百年祭まで、あと三日。

年に一度の大祭が近づいているイフールの大通りにはすでに、露店の準備が少しずつ始まっていた。祭り用の装飾はもう完璧で、見た目だけならいつ祭りが始まってもおかしくない。

しかしそんな楽しげな通りを歩くルルリの表情は重かった。賑（にぎ）やかな喧騒（けんそう）にも心が動かない。

今朝見た気持ち悪い悪夢が脳裏をちらついているからだ。

「あ、あの」

イフールの正門に向かって黙々と歩いていたが、ルルリはついに意を決し、隣を歩くロウに切り出した。

「んー？」

「……聞かないんですか？」

「何を」

「その、私が……その……人殺しだと……」

「あー」

先日永久の森でアイデンと相まみえた時、確かにロウたちはその言葉を聞いたはずだが、その後誰も言葉の意味を聞こうとしてこなかった。それはきっと彼らの優しさなのだろうが、ルルリには逆に苦しい。問い詰めてくれた方がまだマシだと思えるくらいだ。

耐えかねてルルリから切り出すことになったが、それでもロウはぼんやり通りの賑わいを見ながら極めて興味なさそうに答えた。

「別に。どうでもいいし」

「……」

「それより俺は今になって急にリーダーに呼び出されたことの方が気になるんだけど……なん

だろ俺、やる気なさすぎて白銀降ろされちゃうのかな」

　ロウの無関心な様子に、ルルリは少しだけむすっとしつつも真面目に答えた。

「……特訓、て言ってました」

「え？　聞いてないんだけど」

「何やら危険な特訓をするらしいので、付き合って欲しいって言ってましたよ。ロウがちゃんと聞いてないだけです」

「え、マジ、リーダー今度は何する気なの……そもそもまだ向こう二ヶ月は寝てなきゃいけない患者のハズなんだけどなぁ……」

「……」

　どうやら本当に、ルルリの過去に心の底から興味がないらしい。

なんだそれ、ちょっと冷たいんじゃないか。ルルリは理不尽に怒りをふつふつとさせながら、それでもやっぱり詳しく聞かれるのは怖くて、口を閉ざした。

　正門(メインゲート)を抜け、街道に出た。イフールの玄関口はやはり百年祭を目前にしていつもより人の往来が盛んだった。行商や旅人、冒険者、幌(ほろ)馬車、多くの人が次々イフールに吸い込まれていくなか、ルルリたちは停まっていた馬車に乗り込む。御者にギルド本部と行き先を告げて金を払うと、馬車がするりと動き出した。

　向かい合わせに座り、各々(おのおの)窓の外の景色を眺めながら、やはり無言が続く。かっぽかっぽとのんきな馬蹄の音を、いくつか聞いた頃――

「アイデンの言っていたことは本当なのですっ！」

ついにルルリは勢いよく立ち上がり、声を上げた。

「うおっびっくりした」ルルリの唐突な宣言にそれまで窓の外を眺めていたロウが目を丸くした。「なんだよ急に」

「昔、私がまだ駆け出し冒険者だった時、初めて組んだパーティーの盾役が、アイデンだったのです！　その頃は私もまだ超域スキルを発芽する前のペーペーだったのです！」

ふー！　ふー！　と顔を真っ赤にして一息にルルリは言い切った。昔のことを知られるのは怖い、なんて感情は吹き飛んでいて、そんなことより聞いて欲しい。いや、隠し続けるのはもう苦しいという気持ちが勝っていた。慌てたのはロウだ。

「わ、わかったわかった、実は聞いて欲しいんだな？　ちゃんと聞くから座れって」

「……」

むう、と頰を膨らませつつ、ルルリは言われたとおりぼすん！　と乱暴に椅子に座り直し、目をそらしながら早口に言った。

「べ、別に聞いて欲しいわけじゃ……！　ただ、その、〝人殺し〟なんて言われたからにはちゃんと説明をと……！　ていうかこういう時って気になってロウたちの方から聞いてくるものじゃないのですか⁉　何ですかシカトって！　私のこと嫌いなのですか⁉　そんなに興味ないのですか⁉　ちゃんと私の過去を聞くのですぅぅーっ！」

うわああああんっ、と一方的に感情を爆発させ泣き出すルルリに、ロウはますますぎょっとしたように固まっていた。それはそうだろう。いくら涙もろいとはいえ、駄々をこねる子供のようにいきなり叫び出すなど、パーティーの中で〝しっかり者〟のイメージが定着している普段のルルリからは考えられない奇行なのだ。

「いや別にシカトしてたわけじゃねえよっ。俺もリーダーも、ルルリが何て言われてようと気にしないから聞かなかっただけで――」

「私は気にするのです！」

「わかった聞く、聞くから。いや聞かせてくれ、な？」

「……」

なんだか子供のようになだめられているようでどこか釈然としないものを感じつつも、ルルリは息を整えてぽつりと語り出した。

「……。ある日……駆け出しパーティーの私たちは初めて、誰より早くボス部屋まで到達しました。階級の低いダンジョンだったんですが、嬉しくて……つい、そのままの勢いで階層ボスに挑んでしまいました」

結果は惨敗だった。

盾役のアイデンは敵視を持続できず、階層ボスの攻撃は攻撃役やルルリにまで向いた。その混乱の戦場で、前衛役と後衛役がどちらも大きく負傷した。しかしルルリにはその頃まだ超域スキルもなく、魔法も未熟で、どちらも助ける力量がなかったのだ。

故に、選択を迫られた。どちらかを切り捨てることを。

「私には……どちらも選択出来ませんでした……中途半端に、二人を回復して……」

そうしてぐずぐず迷っているうちに、最悪の結末を招いた。アイデンは右目と右腕を失い、前衛役も後衛役も、どちらも命を落としたのだ。

「あー……なるほど、人殺しってのはそういうことね」

合点がいった様子で、しかしロウの声はやはりどこまでも平坦だ。

「アイデンから見たら、私は仲間の危機を前に治癒光一つ撃てず、盾役の大事な腕を奪った回復役なのです。人殺しと言われても仕方ありません」

「……。ふーん」

ロウは顔をしかめ、赤い髪をぼりぼりかきながら、ため息をついた。

「それってさ、まあ、ルルリも力不足だったかもしれねえけどさ、そもそもパーティーが崩れる時って、敵視を維持できなかった盾役にも、敵を押し切れなかった攻撃役にも非はあるんだぜ。なのに全部ルルリのせいなの？　あいつが本気でそう思ってるならちょっとドン引きなんですけどー」

「そ……それは、でも、回復役の責任が大きいのは確かです……」

「〝敗北の原因は誰のせいか〟なんて、言い出したらきりが無い。だからたとえパーティーから死者が出ても、誰かのせいには絶対にしない……それが冒険者の暗黙のルールだろ。人間にはやれることの限度がある。悪い条件が重なれば駆け出しだろうと熟練だろうと関係なく死ぬ。それを覚悟の上で冒険者やってるはずだ」

「そ、そうですが……」

しかしルルリは納得できず、もごもごと口ごもった。世の中には、正論では説明できないものがいくつもある。ルルリには片腕になってなお盾役（タンク）にしがみつくアイデンの気持ちがわかってしまうような気がするのだ。

彼にとっては理不尽な理由で失った腕と目。その怒りを、恨みを、全て飲み込み次の道へ進むには、想像を絶する力が必要だろう。アイデンが盾役（タンク）であり続けるのは、ルルリに対する復（ふく）讐（しゅう）でもあるはずなのだ。

「私はただの〝強いスキルを持ってる回復役（ヒーラー）〟に過ぎないのです。私自身には、何も――」

言いかけて、ルルリは慌てて口をつぐんだ。こんなことを言ったら自分が実力のないスキルだけの回復役（ヒーラー）だということがバレてしまう。

『――付与すれば自動で治癒し続けてくれるスキル？　すごい超域（シグルス）スキルだな』

《白銀の剣》の回復役（ヒーラー）として選抜された日。軽い自己紹介をした後に、ジェイドにそう驚かれた。

だがそれはいつものことだった。〈不死の祝福者(シグルス・リバイブ)〉を発芽してから、ルルリに対する周囲の評価は一変したからだ。その性能を説明すると皆目の色を変え、すごい、すごいとルルリを褒(ほ)め称(たた)えた。でもルルリはその賞賛を受け入れられなかった。スキルを得たのはルルリが努力した結果でもなんでもなく、ただ、神様がくれたものに過ぎなかったからだ。

「……」

言いよどむルルリをしばらくじっと見ていたロウは、おもむろにルルリの頭を乱暴にわしわしと撫(な)でた。

「わわっ!?」

「まあ何にしろ、過去のことをネチネチ引き合いに出すクソだせえ男に人殺しだなんだ言われたって気にすんなよ。そんな奴(やつ)の言葉より、俺は俺が見てきたルルリを信じるね」

「……」

髪をボサボサにしたまま、しばしルルリは目を伏せ沈黙した。

一ヶ月前の魔神戦でもそうだったが――ロウは、いつもヘラヘラ軽口を叩(たた)いているわりに、これで仲間のことをよく見ている。ルルリの抱えている不安もお見通しなのかもしれない。

しかしどうやら本当に、いい意味で、アイデンの言葉を意にも介していないようだ。それはすなわち、ルルリが今まで《白銀の剣》の一員として彼らと築いてきた信用の証(あかし)でもあった。

だからルルリは、何も気にせず今まで通りいればいい。悩むことなど何もないはずだ。

何もないはずなのに。

「な、なんですかそれっ、悩んでる私がバカみたいじゃないですかっ」

「へールルリも悩むこととかあるんだ」

「ありますよっ」

むっと頬を膨らませてそっぽを向くと、ロウが茶化すように意地悪く笑う。本当に拍子抜けするほどいつも通りだった。

「ありますよ……」

それでも、いやだからこそ、心のモヤモヤは大きくなっていく。

私はここにいていいのか。

その信用をいつか裏切り、いつか彼らに失望される日が来るのではないか。以前の魔神戦以降、ふと頭をよぎり始めたそんな不安が、アイデンとの再会で明確に浮き彫りになっていた。考えれば考えるほど、深くえぐられ、広がり、膨れ上がっていく。

「……」

とはいえこれ以上ロウに泣きついたところで、鬱陶しいだけだろう。ルルリは小さくお礼を言って、窓の外に見えてきた冒険者ギルド本部の無機質な門壁に視線を移した。

自分が再び〝人殺し〟となってしまう日が、来るのではないか。ルルリにはそれが、たまらなく恐ろしいのだ――

17

ルルリたちはギルド本部に到着し、ジェイドから指定された訓練場に向かった。

「危険な特訓って、何でしょうね……」

不安に駆られ、思わずルルリがつぶやく。

ジェイドは冒険者としても盾役としても頼れる男だが、どうにも彼の信念の根幹には〝捨て身〟がある。それだけの覚悟があるからこそ、ギルド最強の盾役と呼ばれるまでになったのだろうが、回復役としては彼の戦い方は常に肝を冷やすのだ。

「危険な特訓って言うんだから、危険な特訓だろ……」

そう言うロウも、ルルリと同様の不安を抱いているのか、呆れにも似た表情で言った。

「リーダー、まともそうに見えて結構ネジ外れてるからな……いろんな意味で——」

その時、ロウのぼやきを遮って、バチン！　と凄まじい破裂音がした。同時に中庭辺りから赤い閃光が炸裂する。

「……訓練場⁉　リーダーか⁉」

叫ぶや駆け出すロウに、慌ててルルリも続く。

「ジェイド⁉」

だだっ広い訓練場に、ジェイドがぽつんと立っていた。

その周囲の虚空に、赤い光が渦巻き、たゆたい、バチバチと紫電を散らして明滅している。

超域スキルの発動時に現れる発光現象。おそらくジェイドがスキルを発動させたことによるものだろうが、このような広範囲にわたってスキル光がばらまかれる様など見たことがない。

「な、なんですか、これ……」

「お、来たな」

ようやくジェイドが二人に気づいて振り向いた。凄まじい現象とは裏腹に、本人はいたって平然とした顔をしていて、それでルルリはほっと安堵した。

「さっきの光、ジェイドなのです？　何してたのですか……」

「特訓だ」

ジェイドが腕を振ると、赤いスキル光がふっと消えた。

「ちょっと思いついたことが……――あ？」

こちらに向かって歩いてこようとしたジェイドはしかし、かくん、と唐突に膝を折った。

「――れ？」

そのまま重力に従うままに、前のめりに倒れてしまった。

「ジェイド!?」「リーダー!?」

血相を変えるルルリとロウに、うつ伏せに倒れ込んだジェイドの口からもごもごと弱々しい声がかかった。

「た……立てない……」

18

「『複数スキルの同時発動ー⁉︎』」

　ギルド本部の治癒室に、ルルリとロウの声が綺麗(きれい)に重なって響き渡った。

　ジェイドは二人の反応を見て、治癒室のベッドで苦笑した。ルルリは確実に怒るだろうと思っていたが、ロウまで大きな反応を見せたのは意外だった。

「ああ、〈鉄壁の守護者(シグルス・ウォール)〉と〈終焉の血塗者(シグルス・ブラッド)〉を同時に発動すれば今まで以上に防御力を高められるんじゃないかと思って——」

「バカなのですか⁉　ただでさえスキルの多重使用は術者の負担が大きいのですよ……⁉︎」

　ジェイドの説明を皆まで聞かず、ルルリが一喝した。

「まあずっと昔に『これスキル二つ発動すれば強いんじゃ？』って単純に思いついたものだからな……バカだな」

「これは、アリナさん案件なのです！　アリナさんにべしっと叩(たた)いてもらうのです！」

「おおおい、ルルリ！　やめ——」

「あら、何の騒ぎかと思ったら、あなただったの。ジェイド」

アリナを呼んでこようと飛び出しかけるルルリを必死に止めようと、ジェイドが血相を変えた時、凛とした涼しげな声がとんできた。入り口に長い白衣を着た一人の女性が立っている。

「シェリー！」

彼女の存在を認めるや、ルルリは現れた白衣の女性――シェリーに泣きついた。

「シェリーからも言ってください、ジェイドがバカでバカなのです！」

「やだ、またルルリちゃんを泣かしたの？　ジェイド」

シェリーはその豊満な胸でルルリを抱きとめてから、興味をジェイドに移し近づいてくる。そして何の遠慮もなくジェイドに顔を近づけ、顎を指で押し上げてまじまじと観察し始めた。

「ほうほう、スキルの過剰仕様による反動、段階二と言ったところかしら」

長い睫毛に縁取られ、美しく整ったシェリーの瞳が間近にあった。年の頃は二十代前半、艶やかな髪を一つにまとめた器量良しで、細身ながらふくよかな胸を持つ抜群のスタイル。ギルド本部内でも五指に入る美人と噂されるシェリーに熱のこもった視線を向けられても、しかしジェイドはため息しか出てこなかった。

こう見えてシェリーは遺物の研究の第一人者であり、ギルドの研究班に所属している。「導きの結晶片」や「虚像構築装置」を始め、これまでに遺物の技術を応用した次世代的な道具を作り、冒険者ギルド研究班の精鋭に位置づけられている人物である――が、そんな優秀な彼女の実態は、やや変わっている。

「そもそもね、スキルの過剰使用による反動には段階があるのよ」

シェリーは〝個人的な趣味〟として遺物だけでなくスキルの研究にも力を割いている。その彼女が、呆れたように大きなため息をつくや一方的にしゃべり出した。

「一般的に言われてるスキル疲労──全身の著しい倦怠感、脱力感っていうのは、反動の一番軽度なものなの。それを越えると体に明らかな異常が出てきて、例えば意識障害や五感の狂い、次に来るのが明確な痛みで、これが体の発する最後通告よ。これを無視してスキルを使用すると、出血、内臓部の破損、欠損に至り、最悪ショック死、失血死に至る例なんかも」

「待った待った待った」

ルルリが不安のあまり泡を吹いて白目を剝き出し始めているところを見て、ジェイドは慌ててシェリーの言葉を止めた。

「おいシェリー、あんまり脅すな、んなこたわかってやってるんだよ」

「あらそう？　自覚があるのならもっと重いスキル疲労まで踏ん張ってくれれば、面白い研究対象になりそうだったのに……。残念だわ」

「……」

鈴を転がすような声で無邪気に笑いながら、さらりと残酷なことを言ってくる。そう、彼女は耐久力の高いジェイドのことを優秀な実験体か何かだと思っている変態である。

「それよりシェリー、何か用があって来たんじゃないのか」

彼女が妙なことを思い付く前に、ジェイドは話題を変えた。

「そうそう」

ぽんっと手を打ち、用事を思い出したようにシェリーが白衣のポケットをまさぐり始めた。

「ちょっとね、この前預かったもので面白いことが分かったから、ギルドマスターに報告してきたところなの。ちょうどジェイドたちもいるって聞いたから、直接言っておこうと思って……はいこれ」

そう言ってシェリーが無造作に取り出したもの——それは黒光りする握り拳大の石だった。

いや、ただの石ではない。一ヶ月前、隠しダンジョン「白亜の塔」で遭遇した魔神シルハに埋め込まれていた、魔神の心臓だ。

「ちょちょちょちょ、何ヤベーもん持ってきてるの！」

慌てたロウがルルリを抱えて部屋の隅に退避する中、ジェイドはその黒石を受け取った。ずっしりとした重みのある黒石。表面にはアリナの殴打による亀裂が走っている。

「何かわかったか？」

「魔神の心臓であることは間違いないのよ……ううん。というより、これが魔神の核——本体と言った方が正しいかな」

「……本体？」

「目を近づけてよーく見てみて。黒い石の形状をしているけど、それ、色じゃないの」

言われた通りジェイドは片目を近づけ、黒石——いや〝魔神核〟の中をじっとのぞき込んだ。

「——ッ⁉」

気づいた瞬間、ジェイドの全身に鳥肌が立っていた。

思わず魔神核を放り投げそうになり、すんでで止める。改めて魔神核に視線を移すが、もうのぞき込む気にはなれなかった。

〝黒〟がざわめいている——魔神核のなかは、そうとしか言い様のないものだった。大量の羽虫がうごめいているかのような、そんな気持ち悪さがあったのだ。

「な……なんだこれ」

「それ、全部魔法陣なの」

「魔法陣……？」

「文字の上に何回も何回も文字を上書きし続けていけば、そのうちなんて書いてるのかもわからないほど真っ黒くなるでしょ？　この魔神核のなかに凄(すさ)まじい数の魔法陣がめちゃくちゃになって閉じ込められて、真っ黒くなっているのよ」

魔法陣、という言葉にジェイドは思い当たるものがあった。

「その、魔法陣ってもしかして——神域(ディア)スキルの魔法陣？」

アリナが神域(ディア)スキル〈巨神の破鎚(ディア・ブレイク)〉を発動する時、必ず出現する魔法陣がある。武器の具現化と同様、超域(シグルス)スキルには見られない現象だ。

「おそらくね。とんでもない数の神域(ディア)スキルがこの魔神核に閉じ込められてるってことよ。とりあえず、ヤバイのよこれ。今まで解析してきた遺物(レリック)のなかでも群を抜いてるわ」

深刻な報告のはずだが、シェリーの声はウキウキと弾んでいた。

「でもここで、一つの謎が浮かぶのよ。神域(ディア)スキルが大量に閉じ込められた魔神核、それを体内に持った魔神シルハ。でも彼は、三つしか神域(ディア)スキルを使わなかったんでしょ？」

さらに声の調子を高くしながら、シェリーが興奮した様子で続けた。

「〈巨神の暴槍(ディア・ストゥム)〉、〈巨神の裁剣(ディア・ジャッジ)〉、〈巨神の妬鏡(ディア・ドレイン)〉……魔神核には遥(はる)かに多くの情報が入ってたのに、シルハが使ったのはその三つだけ。普通なら、体内に埋め込まれた魔神核のスキルは全て使えると思うじゃない。なのに、処刑人に追い詰められ死(し)に際(ぎわ)になってもそれ以上のスキルを使わなかった。不自然でしょう」

「確かにな……」

「そこで一つ仮説を立てたのよ。魔神は神域(ディア)スキルを使わなかったんじゃなく使えなかった。魔神核からスキルを引き出すためには条件があるんじゃないかって」

「条件？」

「そう。例えば——魔神は自らの手で殺した人間の数、すなわち〝喰(く)った魂の数〟しか、神域(ディア)スキルをこの魔神核から引き出せない、とか」

は、とジェイドは目を見開いた。

「確かに……白亜の塔で死んだのはルーフェスパーティー四人……うち一人は、ルーフェスが殺してる。残りの三人を殺したシルハは、神域スキルを三つ使った……数は合うな。魔神は人間の命を動力とするから、そこに密接なつながりがあってもおかしくない」

それだけではない。シルハは人間を殺すことをしきりに〝喰う〟と言っていた。

「魔神にとって人間は、神域スキルを取り出す動力源ってことか……？」

「この仮説が正しいなら、魔神は人を殺すほど、どんどん神域スキルを得て、強くなっていくわけなのよ。こんなのが町にでも近づいたら……いやーんもう、人類全滅待ったなしね！」

「……」

とんでもない可能性に至ったというのに、シェリーは興味深い研究対象に惚れ惚れとしていた。その様に呆れるジェイドに、シェリーはうふっと満面の笑みを向ける。

「ちなみに、今のを報告したら、ギルドマスターもジェイドと同じように真っ青になってたわ」

「そりゃそうだろうな……」

「これは早いとこ、〝黒衣の男〟をどうにかしないとやばいかもねえ？」

「……」

〝黒衣の男〟。

シェリーの口から何気なくこぼれたその言葉に、ジェイドは渋面を作る。

ギルドは、先日永久の森で捕らえたアイデンから情報を得ていた。尋問の結果によるとアイデンたちはルーフェスと接触したことはなく、神域(ディア)スキルの情報に関しては顔の見えない〝黒衣の男〟から得たとのことだった。おそらくルーフェスに魔神の情報を与えたのも、この〝黒衣の男〟だろうというのがギルドの認識だ。

「……〝黒衣の男〟か……」

ルーフェスやアイデンに情報を与えて手駒にし、陰ながら魔神復活を企(たくら)む者。

アイデンはこの黒衣の男を、幽霊のような奴(やつ)だと言ったそうだ。死に装束のような漆黒のローブを纏(まと)ったそいつは、突然現れたかと思うと、用事を済ませた後は目の前で忽然(こつぜん)と姿を消してしまうらしい。男性特有の低い声だという以外彼について分かることはない。黒衣の男から〝神域(ディア)スキルを取得できる遺物(レリック)〟という情報を得たアイデンたちは、デマを流して冒険者たちに裏クエストを探させ、隠しダンジョンを見つけようと企(たくら)んだ。

「もしかしたら本当に、この世に恨みを持った幽霊だったりして？　だから魔神を復活させて世界を滅ぼしてやる！　みたいな？」

「幽霊なんかに滅ぼされてたまるかよ……」

はあ、と重いため息が出る。

まったく、先人たちもなんてものを遺(のこ)してくれたのだろう。ジェイドは胸中で愚痴らずにいられなかった。

19

「――魔神、ですか」

ギルド本部最上階に設けられた、特別な一室。

床全面に稀少(きしょう)な毛で織られた高級な絨毯(じゅうたん)が張られ、出入り口は物々しい数の警備が待機し、部屋の中央には職人作りの重厚な円卓が一つ置かれただけの部屋。〝謁見の間〟と呼ばれるその部屋は、めったに使われることがない。

ギルドマスターグレンは謁見の間に膝をつき、視線を落としながら答えた。

「ええ、魔神、という存在です」

円卓に座るのは、三人の男女。しかし、一般人とは一線を画した地位にある者たちだ。

かつてこのヘルカシア大陸が魔物にあふれていた二百年前。最初に降り立ち、大陸の攻略を始めた存在――【剣聖】【聖母】【守護者】【大賢者】というそれぞれ固有の称号を持ち、あわせて〝四聖〟と呼ばれる冒険者の祖。

その血を脈々と受け継いだ、四代目四聖と呼ばれる者たちである。

初代四聖は冒険者ギルドの創設者でもあり、その後継者である四代目四聖は、言わずもがな

冒険者ギルドのトップの存在だ。実務的な運営の権限はギルドマスターたるグレンに一任されているが、四聖の権限を越えることはできない。

いや、四聖は冒険者ギルドだけでなくこの大陸に人間の町をつくり、長きにわたり見届けてきた血筋。ヘルカシア大陸の、純然たる王である。

「魔神もそうだが、〝裏クエスト〟が実在したという話も、実に興味深い」

声を発したのは四聖の一人。穏やかな目と長い白髪を持つ初老の男、四代目【剣聖】である。

今日は年に一度定例的に行われている四聖への報告会だった。この機に、グレンは一ヶ月前に起こった魔神との会遇を伝えていたのだ。

「裏クエストを受注すると隠しダンジョンが出現し、そのダンジョンには特別な遺物が眠っている……だったかな。いやはやなんとも夢のある、冒険者たちが言い出しそうな可愛い作り話だと思っていたが。全くその通りのことが起きようとは」

「四聖は、裏クエストに関して何かご存じでしょうか」

静かに、グレンは四聖へ尋ねた。

四聖は、言うなればこの大陸で最も長い歴史を持つ冒険者の血脈である。その知識や技術は神聖なものとされ、一子相伝として二百年もの時を受け継いできた。その中にはヘルカシア大陸における表には出ない歴史も秘密裏に伝えられている。もし〝裏クエスト〟の事実を知る者がいるとしたら、四聖の他にないだろう。

しかしグレンの問いに【剣聖】は渋面を作る。

「残念だが、先代から知識を受け継ぐ時も裏クエストなるものは聞かなかった。〝クエスト〟というシステムを構築し、冒険者によるダンジョンの出入りを管理し始めたのは我らが祖。クエストと名の付くものに関して我ら四聖が知らぬはずがないのだが――皆はどうかな」

【剣聖】は残る二人に答えを促した。

「僕も、聞いたことがないなぁ」

おっとりとした声でそう答えたのは、四代目【守護者】だ。初老の【剣聖】と同じ四代目を名乗る彼は、しかしその姿はまだ若い青年だった。

二百年前から盾を持つ者としての血筋を引いてきた彼は、しかし筋肉質で毛深く巨漢だった先代とは真逆。ほっそりとした体に白く柔らかな肌をして、何よりその顔は創作物のように整っていた。風が吹いたら倒れそうな美少年である。

「僕も単なる作り話の類だと思っていたよ。でも〝裏クエスト〟は実在していて、おまけに魔神なんて怖い存在が眠っているなんて……それほどの存在であれば、その事実を必ず受け継いでいるはずだけどねぇ。なんで聞かなかったんだろう。不思議だなぁ」

「そんな話、われも聞いたことがないのじゃ！」

【守護者】ののんびりした声にかぶせるように、はつらつとした子供の声が割り込む。

四代目【守護者】も歴代の四聖のなかでは相当早くの襲名だったが、今回はそれを超える最年少の四聖がいる。

「この【聖母】ちゃんでも聞いたことがないのだぞ？　こやつの話の方が嘘（うそ）くさいのじゃ！」

四代目【聖母】である。

　謁見の間に設（しつら）えられた歴代の四聖が座ってきた椅子に、クッションを三つ重ねて座り、ようやくテーブルから顔が出ている——そんな幼い少女だった。

　年の頃はまだ十にも及ばず、腰まで届く長い髪に、勝ち気そうにつり上がった眉と、愛らしい人形のような瞳が印象的な四代目【聖母】は、ようやく四聖の一人として発言ができたことにどこか誇らしげで、クッションの上で器用に胸をそらしていた。

「そもそも魔神などという存在は〝四聖書（リブリ）〟にも記されておらん」

「……そうですか」

　四聖書（リブリ）——それは二百年前に初代四聖がヘルカシア大陸に降り立ってから今日まで、歴代四聖が全ての出来事を記し受け継いでいる、この大陸の〝完全なる歴史書〟だ。

「四聖書（リブリ）にも記されていないとなると、お手上げですね」

「そうとも言えぬ。現在我らが継承している四聖書（リブリ）は完全ではないのじゃ。由々しきことじゃが——それに、ここにいる我らだけの意見で知らぬと決めつけるのは早い。もう一人、聞いてない者がおろう？」

【聖母】は誰も座っていない空の椅子を見つめ、少しだけ悲しそうに言った。

「われは【大賢者】の意見が聞きたい。奴め見た目は冴えないが、われらのなかで最も知識深く、研究熱心であった。四代目【大賢者】なら何か知っていたかもしれぬのじゃ」

四つの席が設けられた円卓には、今一つの空席がある。

【大賢者】——もう十年以上も前、突如何の脈絡もなく、誰にも何も言わずに姿を消した四代目四聖の一人だ。

当初は誘拐説や暗殺説などが騒がれ、冒険者ギルドも相当の人員を割いて彼の行方を捜したが、結局見つかることはなく、以来彼の生死どころか姿をくらませる理由すら一つも思い当たらないまま、十数年の月日が経っていた。

四聖たちの話題はいつの間にか裏クエストから逸れていく。

「やっぱり、【大賢者】空席はどうにかした方がいいんじゃないかなぁ。もはや生きてるか死んでるかもわからないのにさ、いつまでも空席ってどうなのかな？　四聖書の記録も、本当は【大賢者】が代々務めているのに……」

「軽率な発言はやめよ【守護者】。四聖の清き血を絶やし適当な者を見繕って【大賢者】の名だけ与えたところで、何の意味もないのじゃ！　それに、【大賢者】ほどの奴が、何も残さず野垂れ死ぬなどありえないのじゃ」

【聖母】の強い調子に、【守護者】は困ったように眉尻を下げた。

「そうは言ってもさ、実際何の音沙汰もないからねぇ。裏を返せば、【大賢者】ほどの人が、十年以上もの間僕たちに何のしるしも出さないなんて、それこそありえないんじゃない？」

「では、ぬしは【大賢者】が死んだと申すのか⁉」

「少し落ち着きなさい【聖母】」

二人をたしなめたのは【剣聖】だ。

「四聖内の決定は我らの仕事。【大賢者】失踪の扱いについては、空席にて彼の帰りを待つと、そう決めたはず。それに、今はそういう話をする場ではないでしょう」

「……」

たしなめられ、反省するように【聖母】は俯いた。助かった、とグレンはほっと胸を撫でる。

そんなグレンの安堵が伝わったのか、【剣聖】は優しい眼差しを向けて言った。

【剣聖】の言う通り、今彼らに真に認識してほしいものは、魔神のことだ。

「まあ、あまり私の弟子を困らせないであげてくれ——と、そういうことだ」

四聖書をはじめ、四聖の持つ知識や技術は一子相伝とされてきた。しかし【剣聖】の血筋は一風変わっている。後進に役立てようと技術においてのみ血筋外にも積極的に伝授したのだ。すなわち、師弟制度を採用したのである。そして何を隠そう四代目【剣聖】は、グレンの師であった。

「【剣聖】。職務上での私的関係をほのめかす言動はお控えください。癒着と捉えられかねませんので……」

　グレンはおずおずと指摘した。謁見の間において、四聖をそれぞれの名で呼ぶことは許されない。彼らは象徴的な存在であり、ある意味神格化されている彼らを一個人の枠にはめて接することが無礼に当たるからだ。

　当然グレンの今の発言もかなりきわどいが、【剣聖】は一つも気にした様子もなく、それもそうだと気さくに笑った。

「おや、そうだったな、これは失敬……しかしこの称号で呼び合うやり方といい、堅苦しい悪習はそろそろ変えたいものだ。息がつまって仕方ない」

　これには【聖母】も【守護者】も同意のようで、はっきりと明言はしないものの、大きく頷いていた。

「まあそういうわけだ。【大賢者】については、この場での一切の議論を禁止とする。脱線していないで、きちんと向き合おうじゃないか――その、魔神という存在に」

す、と【剣聖】は目を細め、柔和な瞳の奥に鋭い眼光を放ち、言葉を続けた。

「ギルドマスターの話を大袈裟に捉えるならば……この大陸に住む人間の危機と言っていい。我らも先人と同じ末路を辿りかねない。今回は、処刑人のおかげで事なきを得たが、偶然に偶然が重なったに過ぎないだろう」

「魔神を倒してしまえばいいんじゃない？」

【守護者】の豪快すぎる提案に、グレンはこっそり渋面を作った。

「処刑人は魔神シルハを単独撃破したんでしょ？　なら他にも眠ってるっていう魔神に対してもできそうだけどねぇ……どう思う、ギルドマスター？」

「必ず勝てるというわけでもありません。前回も、処刑人本人より聴取しましたが、〝何故勝てたかわからない〟と」

実際は〝残業を邪魔された恨みの力で〟と言われたが、さすがに言えない。

グレンは胸のなかで訂正しつつ、アリナから聞き取ったことを思い出していた。魔神シルハとの力は当初全くの互角だったらしいが、結果を見ればアリナが勝利していた。どうして互角の力を持つはずの魔神を撃破できたかは、分からずじまいだったようだ。

「……ふうん？」

グレンの答えに、それまでおっとりしていた【守護者】がわずかに眉尻を跳ねて目を細めた。

「自分の認識外の力で勝った……ってこと？」

「そうなります。複数の神域スキルを操り、神域スキルを跳ね返すほどに強靱な肉体を持つ魔神を相手に、同格の神域スキル一つで勝てたことは――〝奇跡〟とでも呼ばない限り、説明できないものです。これに頼るのは、危険と考えます」

「そもそも、処刑人とは一体誰なのじゃ？」

来たか。想定していたその質問に、グレンは唾を飲み込んだ。

「この【聖母】ちゃんにも教えられないとは、偉くなったものよのう？　ギルドマスターよ」

茶化すように【聖母】がニヤニヤと目を細める。

「……」

今ここで、グレンは〝四聖〟という絶対権力者と、アリナの殺人的な怪力スキルによる暴力の、板挟みになっていた。

処刑人の正体を告げれば当然アリナは怒るだろう。あの娘ならば、その相手がたとえ四聖であっても怒りそうだ。いや、本当に怖いのは彼女からの鉄拳制裁ではなく、彼女からの信頼を完全に失いグレンの手から離れることだ。

彼女にはまだ――頑張ってもらわねばならないのだ。

「処刑人との約束でございます。もちろん、必要に迫られれば相応の対応を致しますが、そうでない限りは、彼の意を汲んでやりたいと思っております」

「彼の意とは？」

「平穏に暮らすことでございます。戦いとは無縁のところで生きたいと、願っているようです」

「そうなんだ。ずいぶんイメージと違うね……処刑人の噂は時々僕も聞くけど、噂だと戦闘狂みたいな印象を持ってたよ」

処刑人の話題に興味があるのか、【守護者】は先程から目を鋭くさせ、食い気味にグレンを問い詰めた。

「確か難航しているダンジョンにふらりと現れ、一人でボスを倒しちゃうんでしょ？　一ヶ月前に処刑人がイフールに現れた時も、レイドボスを討伐した報酬金を受けとらなかったって聞いたよ。その話だけ聞けば、まるで戦うためだけに現れているような男だよね……！　それが平穏に生きたいなんて、矛盾してる」

「それは……まあ……ある一定条件を満たすと……そうなります」

「一定条件？　――ああ、なるほど。そうか、そうかぁ……ふふふ」

どこか嬉しそうに【守護者】はつぶやいたかと思うと、数秒後、何か強烈な閃きがあったのか、突如カッと両目を見開いた。

「僕には分かるよ！　処刑人の真意が!!」

唐突に儚げ美少年にあるまじき叫びを上げたかと思うと、ふんすと鼻息荒く、【守護者】が興奮気味に身を乗り出した。

「大切な人を守ろうとする時、人は剣をとり、弓を引く。処刑人はきっと、そういう類いの人間なんだよ！　守りたい人のため、戦うのに理由はいらない！　平穏のなかに引き籠もっているだけでは！　愛しき人を守れない！　熱い！　これは熱ぅぅい!!」

【守護者】は語っていくうちに熱が高まっていったようで、終いにはテーブルに足をのせて反り返り、両手で拳をつくって天に突き出した。

「「「……」」」

その豹変ぶりに周囲の空気は凍りついていたが、彼は気づかない。二百年前から仲間の盾を担っていた、情に厚く仁義を重んじる血筋である歴代【守護者】は見た目も中身も暑苦しい男がほとんどだったが——外見だけおっとりした美少年となっても、やはりその血筋には抗えないらしい。

「金も謝礼もなく戦うなんてつまりそういうことなんだよ！　漢の中の漢だよ、処刑人‼」

目をギラギラさせて叫ぶ【守護者】に、隣から冷や水のような声がかかった。

「黙れ【守護者】。暑苦しいのじゃ」

「……」

幼い【聖母】に辛辣な言葉で一蹴され、はっと冷静を取り戻したらしい【守護者】は口を閉ざし、すごすごと座り直した。

「ごめんね。熱くなっちゃった」

てへっと可愛らしく舌を出して誤魔化す【守護者】にグレンが絶句していると、隣の【聖母】が呆れ眼を一転させて大きく頷いた。

「だが【守護者】の言うこともわかるぞ。癒やしの力も、他人を想う気持ちが強いほど、時として本人の実力以上の奇跡をもたらすと母上からよく言われたものじゃ。きっと処刑人も、強い意志を持って奇跡を呼び起こし、未知なる魔神に勝利したのじゃ！　なんとも天晴れではないか！」

「……………ええ、まあ」

四聖たちが処刑人の姿勢にいたく感銘を受け、しきりに美談となっていく様を見ながら、グレンは、歯切れの悪い返事しかできなかった。

彼——いや、彼女を突き動かすのは、残業である。

残業が彼女を狂戦士にし、武器をとらせ、ダンジョンに向かわせる。そう考えると、〝他人を想う気持ち〟なんてふわふわした不確かなものよりよっぽど彼女のスイッチは明確だ。

「さて、また話が脱線しているようだ」

ううん！　と咳払いを一つして、【剣聖】が話題を戻した。

「先人を滅ぼした魔神などという存在が明るみに出れば、イフールに……いやこの大陸に暮らす人々に、必要以上に不安を煽ることとなる。大きな不安は暴動にもつながりかねない。この情報の扱いは、慎重に行わなければならない。その点を言って、魔神の存在を伏せたことは英断であった」

グレンの判断を称えつつも、その目にいっそう鋭い光を放ちながら、【剣聖】が続ける。

「とはいえ、これは冒険者ギルド一つで抱えていい問題ではないのも事実だ。情報屋ギルド、鍛冶師ギルド……全てのギルドマスターと機密情報として共有するべきであろう。我らは先人にも劣る力と技術しか持たない。一枚岩にならなければ、この事態を打開できようはずもないのだから」

【剣聖】はじっとグレンを見つめた。その瞳は王の威厳に満ちた眼差しではなく、己の教えによって成長し、ギルドマスターという地位まで上り詰めた愛弟子に向けるものだった。

「引き続き頼むよ、グレン」

20

「アリナさん、これで最後だぞ！」

百年祭前夜、深夜のイフール・カウンター事務所。ジェイドは事務処理を終えた書類の束を渡して、意気揚々とそう告げた。

「へ？」

真剣に書類の数を数えていたアリナが、間抜けな声を出して顔を上げる。

「……最後？」

「ああ。この受注書の束で最後だ。もう残ってる仕事はない」

「……仕事が……ない……？」

告げられた言葉を信じられないのか、アリナは呆然とした顔で事務室を見回した。ポーションの空瓶がいくつも転がるデスクで、百年祭前夜の今夜がラストスパートだと周囲を見る余裕もなく必死に業務に当たっていたのだから、無理もないだろう。

しかし事務室の様相は数日前とは一変していた。戦場のように荒れ果てた室内は今や整然と片付けられ、処理済みの書類が綺麗にまとめられているのである。

「お……お……!?」

ガタ、と転げるように椅子から立ち上がり、ようやく実感を得たらしいアリナは、次の瞬間床に膝を打ち、天を仰ぎ、両の拳を高々と突き上げて絶叫した。

「終わったぁぁぁぁぁ――――――ッッ!!」

ひとしきり吠えたアリナは、若干目を潤ませながら、感極まったように声を震わせた。

「お……終わると思ってなかった……っ!　うっ、うっ、神様ありがとう……!」

「ここ最近受注数が落ち着いてきたのが効いたな。それに――」

凝り固まった肩をまわしながら、ジェイドも満足げに笑って言葉を続けた。

「今年の百年祭特別ボーナス期間は、ナシ、なんだろ?」

「その通りよ!!」

答えたアリナはぎらりと目を光らせ、事務室の連絡板に貼られた書類を引っぺがした。そのギルド本部が作成した受付嬢宛の連絡書には、大きな文字でこう書かれている。

〝今年度における百年祭特別ボーナス期間中止のお知らせ〟

中止理由としてデマの横行により不適切に上がった受注熱の沈静化を図るためだの、未知なる裏クエストへの危険性を考慮してだのとそれらしい理由が並べられているが、要はギルドからの注意喚起を再三無視して暴走し続けた、冒険者へのペナルティだ。

「ふ……ふふふふ……ボーナス報酬さえなければ、わざわざ百年祭当日にクエスト受注する奴(やつ)なんていないはず……勝った……完全に、勝った……！　神は私を愛している……！」

「そうだな。これなら当日も残業はなさそうだ」

ペナルティとは言っても、この頃になると〝神域(ディア)スキルが手に入る遺物(レリック)〟などというものを心から信じる者は減っていて、笑い話に変わりつつあった。事態はすでに沈静化していると、ギルド各班の所属長たちはこの中止に反対したらしいが、グレンがギルドマスターの権限で敢行したのだ。

おそらくは、アリナへの謝礼だろう。

「じゃ、行くわよジェイド！」

終わると分かるや受注数の計上を速攻で済ませたアリナが、当然のようにそう言った。さらにものの数秒で帰り支度を済ませ、すでにイフール・カウンターを施錠(せじょう)する準備にとりかかっている。

「え、どこに？」

思わずジェイドが間抜けな声で尋ねると、予想だにしなかった答えが返ってきた。

「決まってんでしょ！　残業地獄が明けたらやることはただ一つ——飲むわよ！」

「…………え？」

一瞬何を言われたか分からなかった。

きっちり目を二回瞬いて、ぽかんと口を開けたまま言われた言葉を脳内で反芻させ、時間をかけてその意味を脳みそが理解して――

「えええええええええ――――ッ!?」

今度はジェイドが驚愕の叫びを上げる番だった。

しかしそれも当然だ。アリナからのお誘い。百年生きたって拝めないであろうその場面が、あっさり訪れたのだから。

「え、夢か？　これ？　いつものアリナさんなら『じゃおつかれ』って言ってあっさり帰るはずじゃ……!?　俺明日死ぬのか??」

「行かないなら私一人で行くけど」

「い、行く！」

一も二もなく答え、ジェイドとアリナは、深夜の町に繰り出した。

21

グレンはここ数日気が重かった四聖との謁見も終え、疲れ切った顔で執務室に戻った。

「あ。お疲れーグレン」

そんなグレンを出迎えたのは、来客用のソファでくつろぐ一人の女性だった。

「やぁだぁまた老けた？」

グレンの顔を見るなり、失礼なことを言ってくすくす笑う女を見て、グレンはあからさまに顔をしかめてみせる。

「こんな夜中に何の用だ、ジェシカ……」

はあー、と長いため息をつき、それでも渋々、来訪者の向かいのソファに座り込む。

腰まで届く髪は綺麗に波打ち、引き締まったくびれのある腰と魅惑的な太ももを大胆に出した褐色肌の女性――ジェシカは、嫌がるグレンを見てさらに楽しそうに目をニヤつかせた。

「あらそんな見るからに嫌そぉな顔しなくてもいいじゃない？　せっかくこの……情報屋ギルドマスタージェシカちゃん直々に来てあげたって言うのにさ」

「長い腐れ縁だがお前が来るとろくなことがない。用件だけ済ませてさっさと帰ってくれ」

「冷たーい。ジェシカちゃんすねちゃーう」

「……」

「ふふ、冗談よ冗談。今日はお仕事で来たのよ、お・し・ご・と！」

言うなり、じゃーんと机に放ってみせたのは、一冊の本だった。

「本……？　……いや、これは……！」

その本を見た瞬間、グレンはそれまでの疲労も消し飛んで、思わず立ち上がっていた。その反応にジェシカは満足した様子だ。

「やだぁ目の色変わりすぎぃ」

そりゃ、目の色も変わる――ジェシカが持ってきた本の表紙には、金色の文字が刻まれていたからだ。

その金文字は本来の装丁の上からむりやり刻まれたようで、印字の位置もややずれ、文字が本の背にまで及んでいる。こんな不自然な代物の正体など、一つに決まっている。

「裏クエストだと……!? どこで手に入れた!?」

情報屋とは、その名の通り情報を取り扱い、それを武器として生計を立てる者たちのことだ。彼らはより希少価値の高い情報を求め、収集し、必要とする者に値段をつけて売る。そんな情報屋を統括する情報屋ギルドには、あらゆる情報が集結する。

だが、これは予想外だった。

詰め寄るグレンの鼻先に、ジェシカが両の人差し指でバツをつくった。

「情報屋の守秘義務はぜーったい！ 私の超極秘ルートってことにしておくわ♡」

それでようやく少しの冷静さを取り戻したグレンは、深くソファに座り直す。

「……裏クエストは……必ずしも遺物（レリック）に隠されているわけじゃない、ということか」

一ヶ月前、隠しダンジョン〝白亜の塔〟を出現させた時、裏クエストは遺物（レリック）の赤水晶（レッドオーブ）をアリナが破壊することで発現していた。現状最も硬い物質であり、アリナのような超越した怪力でもない限り、物理的な破壊が困難な遺物（レリック）は物の隠し場所として最適だ。そのためグレンはてっきり、裏クエストは遺物（レリック）に封じられているものだとばかり思っていたが――

「そうみたいねー。私も遺物（レリック）に隠されてるっていう頭だったからびっくりしちゃった」

「受注はまだされてないようだな」

ジェイドの話では、裏クエストは受注すると金文字が飛び出し、受注後に文字は消えるということだった。金文字が視認できるということは、まだ受注前。隠しダンジョンも出現していないだろう。

「そ。私のいたって個人的な知的好奇心で受注してみたかったんだけどねー〝情報屋〟っていう身分じゃ受注できないみたい。だから私にとってはただのガラクタなんだけどー」

長い足を組み直し、ジェシカが妖艶（ようえん）に微笑（ほほえ）んだ。

「ほしい、でしょ？」

「……いくらだ」

「話が早くて助かるぅ！　言い値でいいよね？　いいよね？　のめないなら他の太客にあげちゃうんだ♡　これほしがってる人たっくさんいるからねえ」

にこり、と悪魔のような笑みを浮かべて、ジェシカは売値を提示した。

22

「ど、どこもやってない……」

アリナは、すっかり人気がなくなり街灯の明かりだけがぽつぽつと光る静かな大通りを、愕然と眺めていた。

「もうどこの酒場も閉まっちゃったの⁉」

ジェイドを引き連れ残業明けの勢いのまま「飲もう！」と職場を飛び出して来たアリナだったが、待ち受けていたのはそんな無情な光景だった。

〝冒険者の町〟イフールには、冒険者が頻繁に利用する酒場が数多く建ち、ひしめき合っている。客がいれば明け方まででも店を開けていて、どんな深夜でも大抵一つ二つくらいの酒場から酔っ払いの笑い声が漏れているものだが――

「……さすがに、どこの店も明日の百年祭に備えているみたいだな」

「そんな……！」

がくっ、と膝を打ち、アリナは冷たい石畳にくずおれた。

「おかしい……こんなのおかしいよ……私、このイフールの中で誰より頑張ったのに、残業終わりの美味しい一杯にすらありつけないなんて……」

絶望のつぶやきを漏らすアリナの横で、ジェイドは何か考えるように沈黙した。かと思うとふいにアリナの腕をとり、こんな提案をしてくる。

「じゃあアリナさん、俺の行きつけのとこで飲もう」

「行きつけぇ？」

またムカつくほどお洒落（しゃれ）な単語が出てきたものである。思わず眉をひそめるアリナに、ジェイドが得意げに言った。

「あそこなら絶対まだやってるから。酒、飲みたいだろ」

「……」

ムカつくが、確かに酒は飲みたい。というかこの開放感を味わいたい。まあ、酒が飲めるならこの際どこでもいいかとアリナが渋々了承すると、ジェイドは酒場が立ち並ぶ通りとは正反対に歩き出した。

「？　酒場がたくさんあるのはあっちだけど」

「こっちでいいんだ」

やがて細い路地に入っていき、その奥に現れた地下へと続く階段を下りていく。階段の終わりには、人知れずぽつりと灯（あか）りを漏らす、小さな扉があった。

「『夜の小路亭（ノクト・バー）』？　へぇ、こんなところに酒場があったのね」

申し訳程度に立て掛けられた小さな看板を見ながら、アリナが首をひねる。大々的に客を呼び込もうとするでもなく、入り口も看板も隠れるようにひっそりとあるその酒場は、誰にも来て欲しくないかのようだ。

「昔から《白銀の剣》がよく使ってる酒場なんだ」

ドアベルの小気味よい音を鳴らして店内に入ったジェイドを、カウンターに立つ初老の男が出迎えた。

「おやジェイドさん。いらっしゃい——」

続いて入ってきたアリナを目に留めて、初老の店主はわずかに目を開いた。かと思うとふふ、と嬉しそうに朗らかな笑みを浮かべた。

「恋人ですか」

「違います」

イケメン冒険者と名高いジェイドとの恋人疑惑に、しかし赤面するどころか顔色一つ変えず即座に否定するアリナを見ていろいろ察したらしい店主が、笑顔を凍りつかせて黙り込む。しかし鋼のメンタルを持つ男ジェイドは、何やら嬉しそうにそわそわしながらわざとらしく肩をすくめた。

「ふ……ついに俺たちの関係がバレてしまったか……」

「ねえややこしいこと言うのやめてくれる……？」

「大丈夫。もちろんこの関係性がバレた時には、責任とってアリナさんを嫁にもらう覚悟はできてたぜ」

「……………………………………ふーん」

「俺わりと稼いでるからな。万が一アリナさんが職を失ったりしても、死ぬまで養える自信はある！　だから安心して一緒に」

むぎゅ、とジェイドの言葉は半ばで途切れた。目を据わらせたアリナの右手がその口をふん掴（づか）み、続く言葉を力尽くで封じ込んだからだ。

「むむごむ？」

「だぁれぁがぁ――」

「むむうん⁉」

「お前なんかに、養われるかああああ――――ッツ！！！」

「むぶぅッ」

ごづん！　と夜の小路亭（ノクト・バー）の小綺麗（こぎれい）な床に叩（たた）きつけられ、ジェイドは白目を剝（む）きながらピクピクと痙攣（けいれん）した。

「……」

その様をチラチラ見ながらアリナと目を合わせないよう努める店主（マスター）に、ぎろりとアリナは睨（にら）みをきかせた。

「店主（マスター）……今夜のこれは、何も見なかった。いいですね？」

「……ま、まあ、ここは元々白銀さんたちがお忍びで来るところだからね。お客さん同士のアレコレに首を突っ込んだり、やたらに口外したりなんてもちろんしないさ」

「この夜の小路亭も長いからな。店主の口の堅さは折り紙付きだ。安心して飲もうぜ、アリナさん」

当然のように復活したジェイドがカウンター席につき、隣へ座るよう促してくる。アリナはむすっと口をひん曲げながら、ジェイドから一つ席を空けて座った。

「アリナさん、葡萄酒でいいか？　あと適当に料理も頼んでおくか——あ、店主注文よろしく」

「……」

ちゃっちゃと注文まで済ませたジェイドの手際の良い様を、アリナはじとっと睨みつけた。

「ずいぶんと手慣れてるのね」

「そうか？」

きょとん、としながらジェイドが笑う。

「まあ俺も《白銀の剣》のリーダーだからな、ギルドの幹部と飲み会とかよくあるんだ。お歴々相手だと年齢的に俺が一番下っ端でこういうこともよくやるから、自然とな」

「……ッ⁉　こいつ……‼」

は、とあることに気づいたアリナは、思わずカウンター席から立ち上がっていた。

（器用だ器用だとは思っていたけど――まさか、〝飲みニケーション〟まで修得している⁉）

飲みニケーション――仕事の延長にあると言ってもいい厄介なスキルだ。

酒を酌み交わし腹を割って話すことで、上司や同僚、部下たちとの見えない溝を埋め、円滑な仕事ができるよう土壌を踏み固めておくもの。社会人の高等テクニックといえる。

この飲みニケーションスキル、苦手とする者も多いし不要論も密かに囁かれているが、しかし実際は社会に出れば一度はぶつかるのが事実である。おまけにタチが悪いのは、このスキルは場数を踏むことでしか上達していかないということだ。

（席に着いてから、個々に確認するのは酒だけでツマミなんかはさくっと決め、グダらせずにひとまず〝乾杯〟まで持って行ってしまう強引な注文術……一歩間違えれば不快な力業と捉えかねないものをごく自然にやってのけている……⁉　こいつ、相当場数を踏んでいる……！）

ちなみにアリナはこれが大の苦手なので、職場の飲み会は必要最低限以外のものは問答無用で断るという最終奥義、〝あの人は誘っても来ない〟ポジションを獲得して難を逃れている。

飲みニケーションで得られるメリットよりも、終始気を遣いながら酒を飲むというストレスの方がはるかに大きいからだ。まあ、忘年会や新年会、歓送迎会、暑気払いなど、この世には逃れられない飲み会がいくつも存在するのだが。

「アリナさんはこういうの、心の底から嫌いそうだもんな～」

「……あんたなんで冒険者やってるわけ……？」

アリナなんかよりもよっぽどうまく会社組織を渡っていけそうなジェイドに、何か悔しさのようなものを感じて顔をしかめた。

アリナの実家は小さな田舎町で酒場をやっている。地元の冒険者でいつもあふれていたそこで小さい頃から見ていたのは、飲みニケーションなんて言葉とはほど遠い豪快な冒険者たちの姿だった。彼らは店に入る前からすでに酔っ払っていて、出された酒や料理が注文通りのものであってもなくてもどうでもよくて、酔い潰れるままに酒をかっくらい肉を貪り、ダンジョンの冒険譚に花を咲かせ大笑いしているイメージしかなかったのだ。

「まあ、個人実力主義の世界で仕事する冒険者だって、処世術が全く必要ないかって言われたらそうでもないしな」

「そうなの……？　冒険者なんてみんな最初から最後まで酔っ払ってる生き物だと思ってたわ」

「まあ否定はしないが……酒場くらい羽目を外したくもなるだろ。冒険者なんてやってるとさ」

「……」

ジェイドの何気ない答えに、アリナはふと、ある冒険者のことを思い出してしまった。

小さい頃、アリナが最も親しくしていた冒険者——シュラウドという青年だ。

彼は「一人でしっぽりやるのが男よ」などと格好つけて一人でカウンター席に座るのが好き

だったが、結局は仲間や知り合いに絡まれイジられ、少しもしっぽりできず楽しそうに笑っていた。アリナも楽しかった。酒場には飲みニケーションなんて面倒なものも、社会の息苦しさもなく、ただ冒険者の語る荒唐無稽な夢と、無限大の冒険が広がっていたのだ。

ジェイドの言う通り、一歩ダンジョンに入れば死と隣り合わせの殺伐とした現実に晒される冒険者だからこそ、酒場くらいはああやって羽目を外していたのかもしれない。

あんなに楽しそうにしていたシュラウドも、クエスト中に命を落としてしまった。冒険者というものは、あまりにもあっけなく終わりを迎える職業なのだ。

「それに俺、こうやって気を遣うのわりと好きだぞ」

「す、好き⁉　なんて物好きな……⁉」

「飲みの場の全体を気にしながら異常を察したり、次にするべきことを考えて常に頭を働かせてるのって、盾役のやってることと同じだからかな」

なるほどこの男、生まれついての幹事体質か。

「……ま、とりあえず、残業地獄の終わりを祝して乾杯するわよ」

ふん、と鼻を鳴らし、気を取り直してアリナは出された大杯を掲げた。

「明日の百年祭は、目一杯楽しむんだから……！」

「そうだな！」

ごづん、と景気のいい音を立てて、アリナとジェイドは大杯を打ち鳴らした。

＊＊＊

「だからって……なんで私ばっかり……うーっヒック……世の中理不尽すぎる……」

元気な乾杯から数十分後――ジェイドは、ぶつぶつ恨み言を吐きながら隣で酔い潰れているアリナの背中をさすっていた。

「アリナさんお酒弱いんだな……」

勢いよく飲み始めた割に、一杯目を空にする頃にはアリナはカウンターに突っ伏していた。まあ疲れている時の酒は回りやすいと言うから、おそらく普段はもう少し飲めるのだろうが。

「お嬢さん、相当お疲れだったようですね」

店主(マスター)が出してくれた水を受け取りながら、ジェイドは大事そうに大杯(ジョッキ)を抱えてすぴーと寝息を立てるアリナの肩をゆすった。

「アリナさん。水飲んでもう帰るぞ、立てる？」

声をかけると、むくり、とアリナが起き上がる。連日の残業で疲れていたらしい受付嬢は、酒気で頬を赤くした顔でしばらくぼうっとジェイドを見ていたかと思うと、

「しゅらうど？」

ぽつり、とつぶやいた。

「え？」

聞いたことのない名前で呼ばれて、ジェイドは一瞬ぎょっとする。だがアリナは目の前のジェイドがそのシュラウドという人間だと思い込んでいるようで、ぎゅっと腕に抱きついた。

「シュラウド……なんだよかった……帰ってきたんだ……」

「ちょ――」

ジェイドは一瞬真っ白になりかけた思考を力尽くで戻し、気づいた時にはがっしとアリナの両肩を摑んでいた。

「ちょおおお誰⁉　男⁉　男の名前か⁉　誰だそいつ⁉」

残念でしたねと言わんばかりの、店主からのやけに優しい眼差しを無視してジェイドはアリナを問い詰めた。しかし彼女は今まで見た中で一番幸せそうに笑ったまま答えない。

「シュラウド……私ね……受付嬢になったの……」

「だ、だから誰なんだってそいつ――」

「シュラウドがクエスト受注しに来るの……ずっと待ってるから……」

「……！」

アリナのうわ言に、は、とジェイドは固まった。再びすやすやと眠りに落ちた彼女の、その安らかな寝顔を見ながら、ジェイドはある可能性に思い至った。

アリナは神域スキルという絶大な力を持ちながらも、受付嬢以外の選択肢を視野に入れようとしない。冒険者となれば成功が約束されることは誰が見ても明らかなのに、当の本人だけが受付嬢に固執する。

もしかして、その真意って――

「……〝シュラウド〟を、待ってるのか……？」

ジェイドは静かになったアリナを背負い、今夜はお代は結構ですから……と哀れむようなマスターにむりやり金を払って、深夜の夜の小路亭(ノクト・バー)を後にした。

23

情報屋ギルドマスター、ジェシカが去って行った執務室。グレンは一人黙し、入手した本――いや、裏クエストを静かに見つめていた。

その時、ふいにドアが叩(たた)かれ、グレンの返事を待って秘書のフィリが入ってくる。相変わらず表情のない淡々とした顔に、洒落(しゃれ)っ気(け)のない銀縁眼鏡をかけ、きっちりまとめあげた髪と、一つの乱れのない仕事着をバリッと着こなしている。彼女はグレンの手にある裏クエストを見ても眉一つ動かさず、ジェシカが飲み干していった銀のカップの後片付けを手際(てぎわ)よくこなしていく。

彼女はただの秘書ではなく、ギルドマスターの身辺警護も任された一流の護衛人だ。護衛対象の行いには一切口を出さず、私情も感情も介さない方法をよく心得ている。

「そちらの〝本〟はいかがいたしますか」

「地下迷宮の最深層――地下書庫に置く。今から向かう」

「承知いたしました。すぐに手配しますのでこちらでお待ちください」

それだけ言って、フィリは一度執務室から出て行った。

「……しかし、まいったな……」

フィリの足音が遠ざかっていくのを聞きながら、再び一人になったグレンは頭をかいた。金色に光る手元の本をじっと見下ろし、ため息をついて――

口元に、ほんの少しの、微笑を湛（たた）えた。

「こうも簡単に、見つけてくれるとはなぁ」

ジェシカが最初に冒険者ギルドに交渉しに来てくれたこともありがたい。いや、いつかこういう時のために、日頃から情報屋ギルドとの信頼関係を丁寧に築き、彼らにとっての一番の顧客であり続けてきた効果か。

「いくらなんでも早く見つかりすぎじゃないか？　最近の情報屋は優秀だな……デマで暴走した冒険者なんかより、よっぽど使えるじゃないか」

予定では、もう少し手間取るだろうと思っていたのだが。それとも本当に偶然、誰かが見つけて、多額の金額で情報屋に売りつけたか。欲を言えば冒険者が見つけ受注まで済ませてくれれば、ジェシカにぼったくられずに済んだのだが――まあいい。

「……裏クエストは見つけた。あとは、魔神だけだ」

脳裏には、一人の少女の仏頂面（ぶっちょうづら）が浮かんでいた。どうやら相当百年祭を楽しみにしているらしい、とある受付嬢だ。

百年祭前日。このタイミングで裏クエストが見つかり、ことが動き出すというのは――いやはや、まったく、あの娘は本当に神に嫌われている。

「さて。今回もよろしく頼むよ――嬢ちゃん」

24

夜、赤く照らされたイフールの町中には、すでに多くの人で溢（あふ）れていた。

大通りの入り口、正門（メインゲート）前広場に立つアリナは、格好こそいつもの色気の欠片（かけら）もないワンピースだが、その表情はまさしく夢見る乙女のように輝き、すでにボロボロになっているお手製の案内本（ガイドブック）をそわそわといじっていた。

ついに念願の、百年祭にやってきたのだ。

「……わぁ……！」

祭りの中心となる大通り。そこにはすでにぎっしりと露店が立ち並び、人で埋め尽くされていた。美味しそうな匂いが立ちこめ、夜になっても賑やかな喧騒。夜闇を跳ね返す露店の灯り。それらが波のようにアリナに押し寄せ、視界をいっぱいにする。

「は、始まる……！」

その楽しげな祭りの空気にはやる気持ちを抑え、アリナはじっと時計台を見つめていた。

魔法の光球で派手にライトアップされ、百年祭仕様となっている時計台。その野太い長針が、やがて、ガチ、と頂点を指し、午後の六時を伝えた瞬間——

パーパッパラーッ！　と楽器隊のラッパの音が、盛大にイフールを駆け抜けた。

同時に、用意されていた魔法光がいくつも夕闇に打ち上がる。それらは腹の底に響くような音とともに盛大に弾けて散り、巨大な光の花で大通りの上空を埋め尽くした。光の粒子は消えることなく、雪のように地上に舞い降りる。大通りに仕掛けられていたお祭り用の装飾にもぱっと灯りがともり、それまで明るい陽のもとで行われていた〝昼の祭り〟が、一変して夜の顔に変貌する。

そんな派手な演出とともに——百年祭初日、夜の部が開始されたのだった。

「わああっ、わあああ！」

やつれていたアリナの顔がぱあっと輝いた。ここ数日疲労で死んでいた目には光が戻り、それはらんらんと宝石のように輝いた。いつも眉間に皺をよせていた表情が喜びに緩み、硬かった頬は紅潮し、それはまさしく、十七歳らしい少女の顔だった。

ずっと憧れていた景色が目の前に広がっていた。

近いようで、遠かった場所。本当に遠かった。ここに来るまでどうしてこんなに苦労しなきゃいけないんだというくらいの旅路の果てに、ついにアリナは辿(たど)り着いたのだ。

夢の、百年祭に――!

「は、はやく! はやく行こう! ジェイド!」

帰ってくる言葉はなかった。ふり向くとジェイドは石化の呪いにかかったかのように立ち尽くし、口を半開きにしてぽかんとアリナを見ていた。彼は数秒硬直したかと思うと、ふらりとそのまま後ろに倒れてしまった。

「な、なに……?」

やはりこの男でもあの残業地獄には耐えられなかったか。何かを察しのぞき込むと、しかしジェイドは天寿を全うし召されようとする死人のように安らかな微笑を湛(たた)えており、胸の前で手を組んで、はあ、と息を吐いた。

「俺……なんかもう……アリナさんのその笑顔を見れただけで……今死んでも悔いは無い気がするんだ……」

「……」

「そうだよ、アリナさんは本当は無邪気な女の子なんだよな……! 残業と日々の労働の疲労でちょっとスれちゃっただけで、本当はこんなに可愛(かわい)いんだよな……!」

「……う、うるさいな」

今更ながらはしゃいでいた先程の自分を思い出して我に返る。かろうじていつも通り顔をむっつりさせるも、やはり祭りへのはやる気持ちは抑えられず、立ち上がったジェイドの袖をくいっと引っ張った。

「馬鹿なこと言ってないで早く行くわよ、時間は有限なの。──き、昨日の飲みの奢りと家まで送ってもらった借りもさっさと返したいし、今日は私の奢りだから」

「別に気にしなくていいのに」

「あんたに借りを作っときたくないの！」

その視線は鋭く、祭りの賑わいに向く。

「この祭り……端から全部、制覇するわよ‼」

25

町で盛大な百年祭が開催されている頃。

ルルリは暗く冷たい、石造りの廊下を進んでいた。

「なールルリちゃーん。今日は楽しい楽しい百年祭だってのに……なぁんで俺たちはこんなジメジメした物騒な地下牢なんているの？」

げんなりとつぶやいたのは、隣を歩くロウである。

祭りに行きたいとぼやくわりには、言葉に反してその姿はしっかり魔道士のローブを着て魔杖(ロッド)を腰に差し、いつでも戦闘態勢になれる格好だ。ルルリもまた、ダンジョン攻略に当たる時と同じ完全装備だった。しかし今いる場所はダンジョンではない。

「も、文句があるならついてこなくていいのですっ」

そこはギルド本部からやや離れた森のなかにある、地下牢(ろう)だった。

ギルド本部と同様、こちらもかつてＳ級ダンジョンだった地下迷宮を利用し作られたもの。全部で三十四階層あり、凶悪な囚人を捕らえる地下牢(ろう)は十階層に作られている。このダンジョンを攻略するために五十年以上の歳月を要し、クエスト記録を純粋に集計しただけでも一万人以上の冒険者が地下迷宮に挑み散っていったとされる、文字通りの魔宮である。

「勝手についてきたのはロウじゃないですか」

「だってそりゃ気になっちゃうだろ、アイデンに会いに行くなんて言われちゃったらさ……それに、わざわざ俺に言ったってことは、ついてきてほしかったんじゃねーのー？」

「ちちち違いますっ」

違わないが、いやむしろ全くロウの言う通りだったのだが、言い当てられて激しく動揺したルルリはムキになって眉をつり上げた。

「もういいですっ一人でお祭り行けばいいじゃないですか！」

「わぁーかったわぁーかった拗ねんなって。付き合ってやるって」

「こ、子供扱いしないでくださいっ」

ルルリの頭をわしわしと乱暴になでてくるロウの腕を払って、むうっと頬を膨らませた。だが実際ついてきてほしかったことは事実なので、それ以上何も言わず、話題を変えた。

「……本当は、地下牢に入るには許可を得るまで一、二週間くらいかかるそうなのですが――」

地下牢送りにされる囚人との面会は、本来正式な理由書を作って冒険者ギルドに提出し、担当班の審査やら、諸々の班の所属長印やら、ギルドマスターの許可印やらが必要らしく、面会の許可がおりるまでには相当な時間を要するものだ。

「ギルドマスターが、今日なら本部も祭りで忙しくしてるから、他の所属長の許可は後から追ってつける形で面会していいと言ってくれたのです。……お祭りは明日行くのです。だから、」

ロウのローブをきゅっと握ってルルリはつぶやいた。

「今日は許してほしいのです……」

「……」

ロウは頭をぼりぼりかいてため息をついた。

「で、アイデンに会いに行って何を話すわけ？」

「……」

「俺は、パーティーの全滅が回復役（ヒーラー）だけのせいだと心の底から思ってるような奴（やつ）と、まともな話ができるとは思えねーけどなー」

「……わかってます。でも、思ってしまうんです。もしあの時、私がちゃんと判断できてたら、すでに超域（シグルス）スキルを発芽していたら、誰も死ななかったんじゃないかと……この前の魔神との戦いの時も、私は何もできなかったのです……」

唇を噛（か）みしめるルルリを見て、ロウはため息をついた。

「かぁーっ、難儀な性格してんねえ、回復役（ヒーラー）ってのは……ついてってはやるけどよ、どんな話になろうと俺は口を挟まないし、助け船も出さねーぞ？　全く関係ねえ第三者だからな。それでいーな？」

「そ、それでいいのです！」

ほ、としてルルリは声を弾ませた。そんなルルリからふいっと顔を背け、ロウがなんでもない虚空（こくう）に向かって、ぽつりとつぶやく。

「なあ、ルルリ」

「なんです？」

「お前に過去何があったとしても、今の仲間は俺たちだ。俺たちは、お前を使えない回復役（ヒーラー）だとかましてや人殺しだなんて、これっぽっちも思ってない。——それだけ忘れんなよ」

「！」

は、とルルリは息を呑んだ。

こちらには目も合わせず素っ気ない調子で言われた言葉。しかしそれは、何よりも優しく温かかった。過去の失敗を知っても、なおそう言ってくれる仲間が、ルルリは嬉しかった。

それなのに。そのはずなのに――ロウの言葉は、ルルリの胸を深々と突き刺した。

ああ、彼らは優しい。

ズルい自分なんかにはもったいないくらい、彼らは優しくて優秀だ。冷静な分別も持っている。いつまでも未練たらしくずるずると引きずる自分が、一層情けなく見える。

ルルリだって、過去の失敗をいつまでも考えたって仕方ないことくらいわかっている。アイデンにいくら言葉を尽くそうと、ルルリが欲している言葉を言ってくれないことも。そもそも彼に許しを請うこと自体、間違っていることも。そんなことはわかっている。

でも心が納得してくれなかった。許してほしい。せめて謝りたい。そうして、自分勝手に満足したい。そう暴れる未熟な心を、ルルリは制御できなかった。

やっぱり自分はズルい人間だ。回復役なんかに到底向いてない。

「……」

――魔神。

その戦いで、ルルリは回復役としての力の一切を奪われ何もできなかった。本当に、アリナが助けに来てくれなければみんなみんな死んでいたのだ。

仲間たちの目に映るのは優秀な回復役(ヒーラー)である自分。しかし彼らは気づいていない。スキルが無ければルルリなど無能であることを。そのまま気づかないでほしい。その綺麗(きれい)な幻影のまま――

終わってほしい。

「……今までありがとうなのです、ロウ」

「あん？　なんか言ったか？」

「なんでもないのです」

百年祭が終わったら、杖(つえ)を置こう。

ルルリは決めていた。

百年祭が終わったら、ギルドマスターに伝えて、冒険者を、回復役(ヒーラー)を、白銀を辞すのだと。

魔神との戦いで自信を失いました。私には到底、この重荷は背負えません――そんな、いかにもそれらしい言葉と、落ち込んだ顔を作れば、彼らは理解してくれる。優しいから、ルルリの気持ちを汲(く)んでくれる。そんな優しさに、私はつけ込むのだ。

もっと強くなって、魔神に立ち向かおうと必死に努力している彼らを置いて、私は逃げるのだ。きっと彼らは心の底ではルルリに激しく失望するだろう。

でも平気だ。私はズルい人間だから。いつか自分が無能だと気づかれるくらいなら、逃げたと思われたほうがずっとマシだから。彼らがルルリの無能さに気づく時、それはパーティーが全滅する時だから。そうなる前に。手遅れになる前に。もっと優秀で、もっと冷静で、ピンチをきちんと救ってくれる回復役（ヒーラー）を探して貰（もら）うんだ。

ぎゅ、と唇を噛（か）んで、ルルリはこみ上げる涙をこらえた。

「行くのです、ロウ。五分くらいでぱぱっとすませれば、お祭りに行けるのです！」

ルルリはそう言ってむりやり笑ってみせた。

＊＊＊

地下牢（ろう）の一階層。その階層を進んでいくと、やがて開けた場所にでる。

かつて一階層のボス部屋だった場所だ。今はそこに、無愛想な看守が一人、ぽつんと立っているだけである。彼を見て、ルルリは緊張に生唾を飲み込んだ。

地下牢（ろう）の番人。

ずんぐりとした巨体に、ギルドの紋章の入った防具を身につけ、巨大な斧（おの）を携えている男だ。

自分は法と秩序の僕（しもべ）だと言わんばかり、白銀の二人が訪れても眉一つ動かさず、機械のようにじっと佇んでいた。事情を話すと、おそらくギルドマスターが裏で動いてくれたのだろう。

彼は許可証を要求せず、ルルリとロウを別の部屋へと促した。

無機質な小部屋の中にぽつんと一つだけ置かれているのは、ぼんやりと光を放つ、赤い転移装置(クリスタル・ゲート)だった。

遺物(レリック)を元につくりだされた、転移装置(クリスタル・ゲート)間を瞬(またた)く間(ま)に移動できるもの。ただし一般に広く知られる転移装置(クリスタル・ゲート)は蒼水晶(あお)でできているが、地下牢(ろう)にあるのは赤い転移装置(クリスタル・ゲート)。これは権利者の許可によってのみ稼働(かどう)する特別な転移装置(クリスタル・ゲート)だ。

「これで飛べ」

それだけ言って、彼はまた持ち場へと戻っていった。

かつてS級ダンジョンの地下迷宮だった地下牢(ろう)は、複雑に道が入り乱れている。加えて、先人たちの技術によって通路がランダムに切り替わるという地獄仕様だ。そのため、地下迷宮の攻略は転移装置(クリスタル・ゲート)を各所に設置することで地道に進められていった。

十階層にある牢(ろう)には徒歩では到底たどり着けず、今でも地下牢(ろう)の移動は攻略時に残された転移装置(クリスタル・ゲート)を使っているのである。

赤い転移装置(クリスタル・ゲート)に手をかざすと、慣れた浮遊感とともに、周囲の景色が一変した。

ぞっとするほど冷たく、暗く、閉鎖的な石造りの道が延びている。一万人の冒険者を飲み込んだ地下牢(ろう)には何か背筋の凍りつくような、底冷えのする気配があった。ただの無機質な石造りが発するにはあまりに重く、どす黒い気配が沈殿しているのだ。

「……」

ごくり、と生唾を飲み込み、手は先程からずっとロウのローブを握り続けたままだということにも気づかず、ルルリは目的の牢まで進んでいった。

26

「……アイデン」

ルルリは冷たい鉄格子にそっと手を触れた。牢屋の中に座り込む、片腕片目の男――アイデンに声をかけると、ぎろりと容赦ない睨みがとんでくる。

「は、お仲間連れて俺を哀れみにでもきたのか？」

かつて仲間だったとは思えないような冷たい目を向けられ、ルルリは一瞬たじろいだ。一歩後ろでロウが腕を組み静観している。

「……ご――」

ごめんなさい。

ルルリはそう言おうとした。昔、アイデンやみんなを助けられなくて、ごめんなさいと。

しかしいざとなると言葉は、喉の途中でつっかえたように出てこなかった。そんな謝罪は身勝手だと、ふと悟ってしまった。当時の力を尽くしたとはいえ仲間を救えなかった者には、謝罪をする権利などない。許されたいだけの言葉はあまりに自分勝手で、あまりに残酷だ。

「……」

結局何も言えなくなってしまったルルリを、アイデンは鼻で笑い飛ばした。

「――俺が本当に、最初からこんなアコギな方法に手を染めていたと思うか？」

「え……？」

「仲間を失い、俺は真っ当に強くなろうとした。いつかスキルが発芽する、片腕でも盾役(タンク)はできる、そう信じてな……。だがある日、聞いちまったんだよ。ルルリ・アシュフォードとかいう超域(シグルス)スキルを持った回復役(ヒーラー)が、白銀に入ったってな」

「！」

「仲間を殺した奴(やつ)が、自分は都合良く超域(シグルス)スキルを発芽して、冒険者の精鋭を名乗ってる？　ははは、はははッ！　馬鹿らしいよなあッ!!　それまで、チマチマチマチマ、スキルも発芽せず、片腕でも盾役(タンク)はまだできると信じて頑張ってた、俺なんて！」

目を見開いたアイデンの顔は、ルルリには何故(なぜ)か、泣いているように見えた。

「急にどうでもよくなったんだよ。いや、逆に吹っ切れたんだ。手段なんて選んでらんねえってなぁ……！　俺は神域(ディア)スキルを諦めちゃいない。スキルを手に入れたら、いの一番に、お前を殺して、復讐(ふくしゅう)してやる……！」

歯をむき出し、禍々(まがまが)しいほどの憎悪(ぞうお)を向けられ、ルルリは凍りついた。言葉も発せず立ち尽くしていると、ぐいと腕が引っ張られる――ロウだ。

「行くぞールルリ。もう気は済んだだろ」

小指で耳をかきながら、気怠そうに言ってくる。だがルルリの腕をとる力は、それ以外の選択肢を許さないとばかり、強いものだ。

「で、でも」

「お前の声は届きゃしない。これ以上は火に油だ」

そう言うとロウは有無を言わさずルルリを引っ張っていった。

「失せろ……！　失せろ、この人殺しッ!!」

暗い地下牢に、鉄格子を殴りつける音と、憎悪の叫びがいつまでも響いていた。

27

「んん！　こ、これがロザーニュ地方から輸入したロザーニュ牛の肉!?」

アリナは右手に骨付き肉を、左手に酒がなみなみ注がれた大杯を持ち、今しがたかぶりついた肉の柔らかさに目を見開いた。さらに、香辛料の効いたしょっぱい肉の後に、爽やかなのどごしの酒を流し込む――

「っあ――ッ！　天国！」

ようやくありついた百年祭の酒を噛みしめながら、アリナは表通りを見回す。賑やかな祭り囃子、鼻をつく美味しそうな匂い、楽しげな雰囲気。普段の出勤経路と同じ場所のはずなのに、全く違う異世界に来たかのようだった。毎年悔しい思いをしていたぶん、そして今回の未曾有の残業地獄を乗り越えた分、感動もひとしおだった。

「勝ち取った……勝ち取ったのよ……一労働者としての自由と尊厳を……!!」

この解放感と喜びは、百年祭のために死ぬほど残業を頑張った者にしかわからないだろう。飴と鞭なんて言葉があるが、人間は鞭だけでは生きていけないのである。遠くに飴が待っているからこそ、日々の仕事を精一杯頑張れるのだ。今まで鞭ばかりくらって飴をもらいそびれてきたアリナは、感動のあまり目をうるませるほどだった。

「今日は鬱陶しい仕事のことなんか忘れて、思いっきり楽しむんだから……!」

ぺろりと肉を平らげ、次の獲物はどこだと視線を走らせる。大通りを中心に腕自慢の料理人たちが露店を出し、普段はなかなか味わえない異国の大陸料理が楽しめるのも、百年祭の魅力の一つなのだ。決意し震えるアリナの後ろから驚きに震える声がかかった。

「アリナさんって結構食うんだな」ジェイドである。「俺も体格並に食う方だけど、アリナさん細っこい体して食ったもんどこに消えるんだ？」

「ふ……」

もぐもぐごくんと口の中の肉を飲み下し、口元についた肉汁をぺろりとなめとって、アリナは不敵に笑った。

「ストレス発散のための定期的な暴飲暴食で鍛えられている私の消化器官をなめてもらっちゃ

困るのよ」

「……。で、次は何食いに行くんだ？」

「うーんそうね。ひとまず売り切れ必至の店は回り終わったから——次は甘い物かな！」

百年祭用のお手製の案内本（ガイドブック）を取り出し、アリナは真剣な眼差（まなざ）しで次なる獲物を探し始めた。

「大広場にね、面白いデザートが売ってるらしいのよ。フルーツを飴（あめ）で固めたもの」

「へえ、うまそうだな。もうすぐ一日目の目玉イベントも始まるしちょうどいい」

三日三晩開催される百年祭には、各日毎（ごと）に大広場での大きなイベントが用意されている。この日のために腕を磨いた、選（え）りすぐりの芸人たちによるパフォーマンスや楽器隊のパレードだ。さらに大トリの三日目には特設舞台のお披露目とともにそれまでとは趣を一変させた目玉イベントが開催され、百年祭が締めくくられるのである。

「じゃあ行こうか、アリナさん」

いそいそと案内本（ガイドブック）を腰のポーチにしまうアリナに、ジェイドがすっと手を差し出した。

「……？」

その手を見て、一瞬意味が分からずきょとんとするアリナに、ジェイドがにやりと笑った。

「広場はここよりも混んでるからな。はぐれないように手をつなごう、アリナさん」

「別にはぐれてもいいんだけど」

「そうはいかねえ……！」

　冷ややかに一蹴するアリナを、しかしジェイドはいつもとはまた違った様子で、ずご……と差し出した右手から気迫をにじみ出した。

「俺は……ずっとこの機会を待ってた……！　アリナさんがさっきから肉だの酒だの持ってて全然手が空いてなかったから……！　ようやく手の空いたこのチャンス、逃せない……！」

「ほほーう……好き勝手言ってくれるじゃない」

　ぎらり、とアリナは翡翠の目を鋭く光らせ、ジェイドを睨みつけた。

「片手に酒、片手に食べ物を持って食べ歩きたい祭りにおいて、片手が塞がるなど言語道断!!　ていうか誰があんたなんかと手なんかつなぐかこの変態白銀やろ——」

　いつも通り罵倒しながらうっかり大鎚を出そうとして、アリナははたと止めた。

「？　どうしたんだアリナさん」

　今日は殴られてでも手をつなぐ、と言わんばかりだったジェイドが、急に罵倒をやめてそわそわしだしたアリナに怪訝に首をかしげる。アリナはしばらく無言で、ジェイドの顔と差し出された手を交互に睨みつけた。

「……べ、別に……いやその」

　アリナがふと殴る手を止めたのは——これでも一応、ジェイドに感謝していたからだ。

　ジェイドが残業を手伝ってくれなければ、念願の百年祭に参加することは到底叶わなかった。彼がいなかったら今年もアリナは祭り囃子を聞きながら泣く泣く残業をしていただろう。そんな悲しい未来を変えてくれたのは、アリナにとってなにより嬉しいことだった。

「まさか、腹でも痛いのか⁉」

アリナの明らかにいつもと違う様子に、ジェイドは手をつなぐことも忘れて慌て始めた。

「それか飲みすぎか？　結構かっ飛ばしてたもんな……！　待ってろ、今水を」

水を探しにいこうと背を向けるジェイドの手を――アリナは意を決っしてぎゅっと摑んだ。

「……へ？」

駆け出しかけたジェイドは瞬時に硬直し、間の抜けた声をあげ、おそるおそる、ふり向いた。

アリナが自分の手を握っている。

その光景を見てぽかんと口を開けていた。アリナはそんなジェイドから目をそらして、わずかに頬を赤くしながらごにょごにょと口ごもる。

「……こ、これは……その、あんたが残業手伝ってくれなかったら確実に今年も百年祭来れなかっただろうし……まあその……えと、なんていうか」

なぜかジェイドに対してはなかなか素直な言葉が出てこない。それでもアリナは、ふんっと鼻をならして誤魔化しながら、小さく言った。

「その……ありがと」

ジェイドは目を見開いて石像のように立ち尽くし、呆然と口をパクパクさせていた。彼はしばらくそうして硬直していたが、アリナの手の感触にようやく我に返ったようだ。

「おう！」

嬉しそうに笑って、ジェイドはアリナの小さな手を握り返すのだった。

28

「くそ！　バカにしやがって……！」

地下牢の鉄格子を、アイデンは力の限り殴りつけた。不気味な地下牢に固い音が反響するのを聞きながら、あの〝人殺し回復役〟とその仲間の男が消えた廊下を、歯をむき出して激しく睨みつけた。

「あの……人殺しがぁ‼」

これは怒りなのか、憎悪なのか。荒ぶる感情は収まらず、アイデンは重い枷のついた足で強引に鉄格子を蹴り上げた。何度も何度も、足枷が食い込み肉から血が滲んでも、やめられなかった。

「フーッ、フーッ！」

しばらくしてようやく足を止め、アイデンは肩で荒い息を繰り返した。じんじんと痛む足が、逆に心地よかった。そんな痛みで頭の中を飽和させ、現実から目を背けたかった。そんなことを思っていたら——何故か、目から涙がぼろぼろとこぼれ落ちるのだった。

「っく……う、」

声を押し殺して、アイデンは泣いた。激しい感情の後に反動のように襲いかかるのは、いつだって同じ量の、自己嫌悪（けんお）だった。

いや――本当の〝人殺し〟は、自分だ。

かつての全滅の原因が己にあることをアイデンはわかっていた。敵視（ヘイト）を保てなかったばかりか、そもそもボスに挑むと言い出したのはアイデンだ。仲間は、特にルルリは強く反対したが、アイデンは全く聞き入れず強行した。

あの混乱のさなかでルルリは、魔力が尽きるまで回復し続けた。敵視（ヘイト）を取り戻すことも撤退の判断もできず、何もせずに仲間を見殺しにしたのは自分なのだ。

「違う、俺のせいじゃない……！　全てスキルが悪いんだ、スキルが発芽しないから……！」

超域（シグルス）スキルを発芽させたルルリが羨ましかった。どす黒い嫉妬はアイデンの心に根を張り、蝕（むしば）み続けた。その嫉妬を消し去るには、強くなるしかないのだ。スキルを発芽しなければいけない。それも、中途半端（ちゅうとはんぱ）な能力ではなく、とびっきり優秀な――

「ずいぶんと荒れてますねえ」

その時、唐突に穏やかな声が響いて、はっとアイデンは顔を上げた。いつの間にか鉄格子（てつごうし）の向こうに、二人の男が立っていた。

いつも通りの何食わぬ顔で笑みを浮かべるハイツと、その後ろにぶっきらぼうにたたずむ無口の男だ。〝無口の男〟というのは本当にその名の通りで、アイデンは彼が喋ったところを一度も見たことがなく、彼が名前で呼ばれるところも聞いたことがなかった。喋れないのか、喋らないだけなのか、彼に関しては何もわからない。

「……すげえな、あんたのスキルは。ギルドの地下牢にまで侵入できるのか」

ハイツは空間移動の超域スキルを持っていた。超域スキルの持ち主というだけで無差別に憎みそうになる気持ちを抑えて、アイデンは顔を背ける。

「いえ？　さすがに複雑に入り組んだ地下牢にピンポイントで潜り込めるほど、僕のスキルは優秀じゃないですよ。ちゃんと許可を得て正面から堂々と来ました」

にこり、と胡散臭い笑みを浮かべて、ハイツは手に持っていた奇妙な本を掲げて見せた。

「ここよりずっと下の階層に用がありまして。ついでに大切な仲間もお迎えにあがりました」

「……なんだ、それ」

「わかりませんか？　裏クエストですよ。まあまだ受注していませんがね」

「！」

はっとアイデンは目を見開いた。見た目だけはただの本だが、よく見ると装丁にびっしりと金色の文字が張り付き、異彩を放っていた。

「地下書庫に大切に仕舞われていたのを、ちょっと拝借してきたんです」

「地下書庫⁉」

　ハイツの口からさらりと飛び出たとんでもない名前にアイデンは目を剥いた。地下迷宮の最下層にあり、ギルドマスターしか出入りが許されていない。冒険者ギルドの最高機密が保管されると言われている場所だ。

「……まさか、それも〝黒衣の男〟ってのが、全部お膳立てしてくれたって言うんじゃないだろうな……⁉」

「おっしゃる通りですよ。彼には甚大なご協力を頂き、大変感謝しております」

「何者なんだ、そいつは⁉」

〝神域スキルが取得できる遺物〟という情報を、ハイツに与えた人物――〝黒衣の男〟を、アイデンは一度だけ見たことがある。死に装束のような真っ黒のローブを纏い、顔を隠し、低い声で男性と分かる以外その正体は知れなかった。気配もなく姿を現したかと思えば、話を済ませるとまた消えてしまう。

　彼の得体の知れない姿を思い出し、アイデンはぞっと血の気を引かせた。

　ギルドの地下牢への侵入のみならず、ギルドマスターしか閲覧権限のない地下書庫にハイツを潜り込ませるなど、どう考えてもただ者ではない。顔を強ばらせるアイデンに対し、ハイツは小さく首を傾げるだけだった。

「さあ。特に興味も無いですし、無粋に詮索などしませんよ。ご協力頂けるのであれば、誰であろうと結構ですから」

「……」

初めてハイツと会った時と同じように、彼は一見柔和で、しかしよく見ると底なしの闇を覗かせるぞっとした笑みを浮かべていた。

――僕たちと一緒に、このクソみたいな世界を見返しませんか。

当時、スキルが発芽せず自暴自棄になっていたアイデンに、ハイツは甘くそう囁いて現れた。もう何をしてもスキルは発芽しないと諦めていたアイデンには、その甘美な誘いは一筋の光のように見えたのだ。しかし今更ながら、彼に付いてきてよかったのかと小さな不安がよぎる。

「もう少ししたら、リカイドがお祭りの方でちょっとした騒ぎを起こしてくれます。その混乱に乗じて地上に出ましょう」

それも〝黒衣の男〟に手配されたか、取り出した鍵で牢を解錠しながらハイツが説明する。

「リカイド」は同じパーティーの黒魔道士だ。ガリガリの痩せた体と常に人を見下すような苛立たしい笑い方をする男。

「さあ行きましょう。虐げられてきた我らの勝利が、もう目の前にある」

ギイィ、と不気味な音をたてて鉄格子の扉が開いた。その向こうで、ハイツが迎え入れるように手を広げる。それはまるで地獄への入り口か何かのように、アイデンの目には映った。

（……何をビビってる。今更、不安も何もねえ）

スキルを発芽するためならなんだってやる。もうそう決めたのだ。真っ当に生きていてもスキルなど得られない。正常な道から外れてでも、やり遂げなければならない。

「……ああ。行こう」

アイデンはむりやり口角を吊り上げ、一歩踏み出した。

もう後には引けないのだから。

29

アリナが大広場にたどり着くと、さらなる熱気が渦巻いていた。

祭りのメイン会場である大広場は一際大きな喧騒に包まれ、多くの人でごった返している。

円形の広場を囲うは激戦区を勝ち取った露店たち。それらが煌々と灯りを吐き出し、どこも行列になっていた。三日目にお披露目される特設舞台はまだ布で覆い隠されている。

「いやーすごい熱気だな」

ジェイドの声はほくほくと弾み、頬が嬉しそうに紅潮している。彼の手は先程からぎゅっとアリナの手を握り、一瞬たりとも離そうとしない。

「アリナさんと手をつなげる日が来るなんて……諦めずに頑張ってきてよかった」

「……て、手をつなぐなんていいもんじゃないわね。片手が塞がると不便っ」

気恥ずかしさを誤魔化すように顔をしかめると、ジェイドが苦笑した。

「アリナさん、お年頃の女の子なんだからさ、もうちょっとこう、何かさ……」

ジェイドの戯言を無視して、アリナは目的の露店を指さした。すでに長い行列ができているのを確認し思わず走り出す。

「あ、あった！　あそこあそこ！　早く行かなきゃ売り切れちゃ――」

しかし、アリナは途中でふと足を止めた。広場の隅で魔法の芸を披露する魔道芸人のパフォーマンスが視界の端に入ったからだ。

小さな人だかりの中心に立つ色彩豊かなお面を被った魔道芸人は、空中に生み出した水を動物や魔物の形に変えたり、凍りつかせて美しい結晶の膜を作ったりと、観客を沸かせていた。伝統的に伝わる古くさい芸だが、祭りの気配に乗せられて客たちも大盛り上がりだ。

祭りの片隅を彩る変哲のない光景。しかし、言い知れぬ妙な予感に視線が吸い込まれる。

「どうしたんだアリナさん？」

アリナに引っ張られていたジェイドも、突然立ち止まったアリナに怪訝に声をかけた。釘付けになっているアリナの視線を追って、彼も魔道芸人へと目を向ける。

魔道芸人はひとしきり水の魔法芸を終わらせると、こんなものは序の口だとばかり「チッチッチッ」と人差し指を振った。期待に高まる観客たちに手の平をむけ――言葉を発した。

「――鳥嘴氷」

それが攻撃魔法だと、咄嗟に判断できた者など一人もいなかった。

びしぃ！　と硬い音をたて、一番前にいた観客が数人、まとめて凍りついたのだ。

「……え？」

偶然難を逃れた男が、隣で凍りづけになった観客の一人をぽかんと見る。その間に、魔道芸人（ピエロ）は両手を高々と天にかざし、叫んだ。

「氷礫雨（インベル）！」

瞬間。無数の氷の礫（つぶて）が、一斉に空へと放出された。それらは祭りの灯（あか）りをキラリと反射して、最大高所まで到達すると——勢いをつけ、礫（つぶて）を大きくさせながら、一斉に地上へと降り注いだ。激しい音をたてて氷礫（つぶて）が着弾する度、巻き込まれた露店や人が凍りついていく。

「な……魔法⁉」

「パフォーマンスじゃない！　これは——黒魔法だ！」

どこかで悲鳴が上がった。それを皮切りに、危険を悟った客たちが少しでも魔道芸人（ピエロ）から離れようと一斉に大広場の出口へなだれ込む。悲鳴と怒号が乱れ、たちまち混乱に包まれた。

「アリナさん、手離すな！」

暴走する人波に小柄なアリナはたちまち呑（の）まれそうになるが、ジェイドに強く手を握られなんとか踏ん張った。魔道芸人（ピエロ）は、混乱する人々をケタケタと不気味な声で笑い飛ばしている。しかしそれ以上人々に襲いかかるでもなく、その混乱を愉快そうに眺めているだけだ。

やがて人の荒波を耐えきり、ようやく勢いも衰えて身動きがとれるようになると、ジェイドはすかさず護身用に携えていた腰の剣を抜き佇む魔道芸人と対峙した。その後ろで、アリナは大広場の変わり果てた光景を愕然と見回す。

「ひゃ……百年祭が……」

つい数秒前まで祭りのメイン会場を盛り上げていた露店は潰され、美味しそうな食べ物は落ちて踏み潰され、数日前から準備されていた装飾は剝がれ落ち、あちこち氷漬けになってしまっている。そこには楽しい祭りの空気など微塵もなかった。

「ひゃ……ひゃく……ひゃく……」

ずっと楽しみにしていた百年祭がぶち壊されたその光景は到底受け入れられず、アリナの頭のなかは真っ白に消し飛んだ。

こんな非道な仕打ちがあるだろうか。

だってアリナは、百年祭のためだけにずっと頑張ってきた。非情なデマによる冒険者の殺到に耐え、今年こそ百年祭に参加したいという一心で未曾有の残業地獄を乗り越えた。辛い時も百年祭を思えば力が湧いた。

百年祭はアリナにとって、ただの祭りではない。ただのご褒美でもない。仕事ばかりの味気ない日々を送る一労働者が己の人生を取り戻し、自由と尊厳を再確認する儀式だったのだ。

それが、いま、失われた。意味わからんピエロの、意味わからん唐突な襲撃によって。

「…………許さない…………」

ぼそり、とアリナはつぶやいた。その視線は、大広場に不気味に佇む魔道芸人に向く。彼もまた、獲物を狙い定めるかのようにアリナを見ていた。

魔道芸人が魔杖を振るう。たちまちアリナの足元に攻撃魔法の魔法陣が浮かびあがった。氷の柱が競り出てつないだジェイドの手を弾き、巨大な檻のなかにアリナを閉じ込める。

「あ、アリナさ――！」

「ハクギン　ノ　ジェイド・スクレイド」

つくったような奇妙な声で、魔道芸人がジェイドを見た。

「コノ　ムスメハ　ヒトジチダ」

「人質だと!?」

よりにもよってアリナさんを？　と慌てるジェイドを、魔道芸人はふっと鼻で笑いとばす。

「イノチガ　オシクバ　ショケイニン　ヲ　ツレテコイ」

「処刑人……!?　い、いやそれより、命が惜しいのはたぶんお前の方だと思」

「――スキル発動〈巨神の破鎚〉」

ジェイドの戯言を遮り、アリナは狭い氷檻のなかでスキルを発動させた。

夜闇を切り裂く白光とともに現れた大鎚をふるい、めきい！　と硬い音をたてて氷の檻を粉砕。細かく砕け散った氷の破片が飛び、舞い上がる埃と合わさって視界を覆う幕を作る。

「あ〜！　待った待った！」

ジェイドの慌てた声とともにバサリと何かが飛んでくる。混乱のさなか大広場に落ちていた安物の外套だ。ジェイドが急いで放り投げてきたそれを羽織り、アリナは無言で立ち上がった。わずかに狼狽の気配を見せる魔道芸人は、氷の幕から現れた人物——外套のフードで顔をすっぽりと覆い、右手に物騒な銀の大鎚を握るアリナを見て、さらに驚愕の声をあげた。

「ショ、ショケイニン……⁉　イッタイドコはぶぇッ！」

言葉の半分も言わせてもらえず、驚愕する魔道芸人に大鎚が叩き込まれた。

「あぶっへブっ」

たまに人間味ある地声が漏れながら、魔道芸人は軽々石畳を転がっていった。殴打の威力はわざと抑えていた。それは相手を殺さないようにとか、そういう慈悲ではなく——耐え難い悪行を働いた敵を、一撃で終わらす気などさらさらなかったからだ。

「ま……待テ……ワたしの目的を聞」

よろよろと立ち上がりながらそれでも不気味なしゃべり方を維持しようとするいじましい魔道芸人が、転がった魔杖を拾おうと腕を伸ばす。しかし瞬時に距離を詰めたアリナの足がその腕を盛大に踏んづけた。

「イダダダ！」

「あんたの目的なんかどうでもいいのよ。それよりあんた、自分がナニしたかわかってる？この百年祭が私にとってどういうものだったか、知ってる……？」

後ろの方でジェイドが身震いしながら剣を収め「ご愁傷様でした」などとつぶやいている。

「私、この日を、ずうううううっと楽しみにしててね……？　何日も前から、残業頑張って、ようやく、参加、できたのよ……っ！」

アリナは大鎚(ウォーハンマー)を地面に置いた。あまりの衝撃にめり込んでいるが気にせず、空いた両手で、バキポキと指をならす。

「ナ、ナニを……」

「ラクに死ねると思うなよ」

ぎんと目を見開き、逆に口元はにこりと吊(つ)り上(あ)げていた。その殺意の濃度に気づいたか、今更かぶり物の向こうで身を強(こわ)ばらせる魔道芸人(ピエロ)の胸倉を掴(つか)みあげる。アリナは拳を握りしめ、一転して低い声で、言った。

「――この……クソピエロがああぁぁぁ――――ッッ‼‼」

アリナの拳が魔道芸人(ピエロ)の顔面をぶん殴った。「はぶぅっ！」とすっ飛んでいった魔道芸人(ピエロ)に馬乗りになって、アリナは次々拳を叩(たた)き込(こ)んでいく。すっかり不気味な声色を作ることもやめた魔道芸人(ピエロ)の悲鳴が何度も大広場に響いて、魔道芸人(ピエロ)の袋だたきはしばらく終わらなかった。

ロウは、悲しげに肩を落とすルルリの手を引き、黙々と地下牢を歩いていた。

アイデンとの最悪の面会を終えて、赤い転移装置を使って地下牢の番人のもとへ戻る。半ば強引だったが、これ以上ルルリとアイデンを引き合わせても仕方ないことは明らかだった。

それに仲間が一方的に罵倒されているところなど、見ていて気持ちいいものではない。

「ルルリー、今日はもう帰るぞー。祭りは明日な」

「……はい」

応えるルルリの声はか細く元気がない。ルルリの性格を考えれば当然だろう。最初から予想していた通りの結果だったが——それでもロウは無性に苛ついて、胸中でアイデンを呪った。

(マジなんなのアイツ……完全に八つ当たりじゃん……残った左目もえぐってやろうかな……)

物騒なことをぼんやりと考えていた、そのときだった。

ずん……と低い振動が、地下牢を揺らした。

「わわ……!?」

とっさによろけるルルリを支え、ロウは眉をひそめた。揺れは一瞬だけですぐにおさまり、地下牢の古い天井からわずかに埃を落とす。

「なんだ今の揺れ。町の方か……？」

「お祭りで何かあったのでしょうか」

「行——」

行くぞ、と言いかけて、ふとロウの背筋に、ぞっと悪寒が駆け抜けた。

「ロウ？」

突如足を止めたロウにルルリが首を捻る。ロウは硬直したまま答えなかった。ぶんと、低い音が背後でしていたからだ。それはロウたちも通ってきた、赤い転移装置が作動した音だった。

どくん、と理由もなく心臓が跳ね上がった。怪訝がるルルリを背後に回しながら、ロウはゆっくりと振り返る。

男が赤い転移装置から出現していた。柔和な雰囲気に人畜無害そうな顔をした中年の冒険者——見覚えのあるその顔は、永久の森でデマを流していた犯人、ハイツだった。

「おや？」

ロウと目が合ったハイツは、しかし慌てるでもなく、わざとらしく驚いてみせた。

「これはまずいところを見られてしまいました」

「なんで……おまえが……ここにいる……⁉」

ロウの声はかすれていた。

永久の森で遭遇するのとは、状況が違う。ここは許可ある者しか出入りが許されない厳格な地下牢だ。一般の冒険者はおろか、デマの一件でギルドたちに悪質な冒険者と認定され、冒険者ライセンスを剝奪されているはずの彼らがここを出入りできるはずがない。

「番人！　なんでこいつを通した⁉」

この事態にあっても、脇で機械のように佇む地下牢の番人にロウは声を荒らげた。

「こいつらのライセンスは剝奪されているんじゃ――」

「許可があった。ライセンスの有無は通行者に対する確認事項にない」

それだけを、番人は無機質に言った。

「許可、だと……⁉」

困惑するロウの視線はハイツの背後に続いて現れた二人の男に向く。むっつりと口を真一文字に引き結んだ寡黙な冒険者と、片腕片目の男。つい先程まで、確かに地下牢に入れられていたはずのアイデンだった。

「ア、アイデン……⁉」

ルルリが小さく驚愕の声を上げる。

「囚人の脱獄も許可だってのかよ……！」

「釈放の指示があった」

「んなわけねえだろ！　本当に確認したのか！　ギルドがそんな指示するはずが――」

「あなたはその問いの答えを得る立場にない。私は許可ある者のみを通し、指示に従うだけ」

「……！」

「と、言うわけなんですよ。白銀さん。そんなことより、こちらの心配をした方がいいんじゃないですか？」

ハイツが持っていたのは一冊の古びた本だった。ただの本ではないのは一目で分かった。装丁に不釣り合いな金色の文字がべったりと書かれ、暗い地下牢(ろう)にぼんやりと淡い光を放っていたからだ。

その光景に、ロウは目を見開き、息を呑(の)んだ。

「裏……クエスト……⁉」

ジェイドから聞かされていた。裏クエストは金文字で受注書の文体を成していると。

「ギルドの地下書庫から拝借させていただきました。いやぁギルドも見つけていたのならそう言ってくれればいいのに、黙って地下書庫に隠すなんて人が悪い」

止める間もなく、ハイツは無造作に本を開いた。

「やめ――！」

瞬間、まばゆい発光とともに金色の文字が空中に飛び出した。

指定冒険者階級：なし
場所：永久の森
達成条件：全階層(フロア)ボスの討伐

　なお依頼者は明記しない。受注者のサイン省略。

　上記内容により、クエスト受注を認める。


（永久の森……!?）


見覚えのある金文字の受注文。その内容にロウは眉をひそめる。

文字はすうっと音もなく虚空（こくう）に解け消えていく。しかし確かに、空中に広がった金文字は「永久の森」と記していた。多くの駆け出し冒険者が最初に籠もる、C級ダンジョンを。

しかし、もう受注は成されてしまった。隠しダンジョンが出現したのだ。

「お前ら……！」

ギリ、と奥歯を噛（か）み、ロウはハイツを睨（にら）みつけた。

「本当に神域（ディア）スキルがあるなんて思ってんのかよ！」

「そう思っているから、ここまでやったんじゃないですか——いえ、ちょっと違いますかね。正確には、神域（ディア）スキルを手に入れられる遺物（レリック）ではなく、神域（ディア）スキルを持った、〝魔神〟という特別な遺物（レリック）」

（魔神を知っている……!?）

「まあ、魔神なんて言うと誰も裏クエストを探してくれないでしょうから、少々脚色しましたが。話を盛りすぎましたかねえ？　あそこまで大騒ぎになるとは。まあ結果的にこうして裏クエストも見つけてくださいましたし、豚もおだてりゃなんとやら、ですね」

動揺するロウとは対照的に、ハイツは薄ら笑いを浮かべていた。魔神の存在を知りながらも自分たちがしたことの重大さを自覚していないのか、けろっと肩をすくめて見せる。

「さて、わざわざ目の前で受注してあげたのですから、当然あなたたち白銀も来ますよね？　隠しダンジョン」

「……どういう意味だよ」

「皆さんを招待しているのですよ。魔神を一緒に見ませんか？　と。まあ来る来ないはお任せしますが――スキル発動〈空の超越者（シグルス・ムーヴァ）〉」

ハイツがスキルを発動させ、その姿を赤い光の向こうに消していく。慌ててロウは魔杖（ロッド）を抜いた。

「待て！　魔神なんて復活させたら――！」

しかし魔法を発動させるより早く、ハイツたちの姿は光の収束とともにかき消えていった。

＊＊＊

アリナは大広場のベンチにぼうっと座っていた。魔道芸人（ピエロ）から襲撃を受けた大広場にはすっかり人気がなく、亡霊のようにアリナはうつろな視線を虚空（こくう）に放り投げ、顔はやや上を向いていて、半開きになった口から魂が漏れ出そうである。

「祭り……中止……祭り……中止……」

焦点の合わない目で絶望の言葉を繰り返す。祭り会場はあちこちまだ混乱していて、すでに多くの客がいなくなっていた。残っているのは状況を正しく把握できない酔っ払いか、神経の図太い冒険者くらいだ。こんな騒ぎが起きて祭りが中止にならないわけがなかった。

視界の端では、ジェイドが駆けつけたギルドの警備に顔の潰れた魔道芸人(ピエロ)を突き出していた。かぶり物をとったものの、殴られすぎて腫れ上がった顔ではその正体はもはや判別不能で、彼の回復を待ってから事情を聞き出すらしい。アリナにしたらあと一億回くらい八つ裂きにしてやりたかったが、ジェイドに止められた。

「アリナさん、生きてる？」

戻ってきたジェイドの気まずげな問いに、死んだ脳みそでぼそぼそと答える。

「……死んでる……」

「祭り、もう少ししたら再開されるってさ」

「ほんと⁉⁉」

思わずアリナは声をひっくり返し、ジェイドにしがみついていた。

「攻撃を受けたのは広場だけだからな。犯人も捕まえたし――って言っても中止するのが普通なんだろうが――多少危なくても祭りを続けようってのはさすが冒険者の町(イフール)って感じだ」

「よ、よがっだぁぁぁ〜〜」

アリナは全身から力が抜け、ジェイドの足下にへたり込んだ。

「イフール……今日だけは……図太い冒険者の町に感謝するわ……っ」

数秒後にはシャキンと立ち上がり、右の拳を高々と突き上げて、目をきらめかせた。

「そうと決まればこんなところで油を売ってる場合じゃない！　回ってないとこたくさん――」

「リーダー！」

すっかり生気を取り戻したところに、血相をかえた様子で冒険者が駆け込んできた。ロウだ。その後ろにはルルリもいた。二人ともなぜかダンジョン攻略用の装備で全身を固めていて、ロウなど片手に魔杖(ロッド)を抜いたままだ。

「お、なんだ二人とも。そんな格好して」

「裏クエストが受注された!!」

唐突に告げられた言葉に、アリナもジェイドも一瞬目を瞬(しばた)いた。

「は？」「え？」

唖然(あぜん)とする二人に、切羽詰まった様子のロウは、首元の汗をぬぐって口早に告げる。

「ハイツだ！　ギルドが見つけて保管していた裏クエストをハイツが盗んで、裏クエストを受注した！　隠しダンジョンは永久の森にあるらしいが……あいつら、魔神を復活させる気――」

「装備を調える！　詳しくは行きながら聞く！」

ロウの言葉を遮り、いち早く事態を飲み込んだジェイドが冒険者のライセンスカードを取り出した。その視線は次いでアリナに向く。

「アリナさんも一緒に……！」

ジェイドの言葉は、しかしハタと途中で止まった。

「――いや。来るな。アリナさんは」

「……え、でも……」

「この祭りのために今日まで頑張ったんだろ」

ぽん、とジェイドはアリナの頭に手を置いて、それ以上アリナを見ようとしなかった。代わりに鋭い視線をロウとルルリに向け、真剣な声色で告げる。

「ロウ、ルルリ、魔神を復活させられる前にハイツたちを止めるぞ。あいつらはすでに冒険者ライセンスを剝奪されている。転移装置(クリスタル・ゲート)は使えないはずだ。自分たちの足で永久の森に向かうなら、まだ時間はある」

「え、ちょ、ちょっと待って――」

てきぱきとジェイドが指示を飛ばし、足早に広場の転移装置(クリスタル・ゲート)に向かっている。残されたアリナは、慌てて追いかけようとして、しかし後ろ髪引かれるように、振り向いた。

視線の先には今にも再開せんとする楽しげな祭りの灯りがあった。アリナにはこの祭りを楽しむ権利があった。だってそのために今日まで必死に頑張ってきたのだ。もうずっと、数ヶ月前から。いや、毎年百年祭を残業で潰される度、来年こそはと誓っていたものだ。

しかしジェイドたちの背中を見て、ざわりと胸が騒ぐ。魔神復活を阻止できればそれでいい。だが万が一が起こったら？　このまま彼らが帰ってこなかったら――

「転移装置でギルド本部に寄って、装備を調えてすぐに行く。最悪魔神が復活した時は――」

言葉半ばに、ジェイドが足を止めた。服の端をアリナがつまんで止めたからだ。

「私も行く」

一ヶ月前のようにアリナはぐずぐず迷わなかった。自分にとって何が一番大切か、アリナはもう知っている。

「……アリナさん」

振り向いたジェイドは、複雑な面持ちでアリナを見ていた。彼のその顔を真っ直ぐ見据え、翡翠の瞳に力を込めてアリナは言った。

「私は、ジェイドたちが死ぬ方がやだ」

一瞬、ジェイドの顔が悔しそうに歪んだように見えた。だが一刻を争うこの時ではその逡巡すら邪魔だとばかり、アリナから目をそらし、ぼそりとつぶやいた。

「ありがとう。……ごめん、アリナさん……」

31

ジェイドはギルド本部で装備を調え、数分も経たぬうちに永久の森に辿り着いていた。

森に入るなり、ジェイドはスキルを発動させる。

「スキル発動〈百眼の獣士〉！」

〈百眼の獣士〉。視覚や聴覚、嗅覚など五感の感度を人間以上に高めることで、広範囲にわたって獣のような索敵能力を得ることができるスキルだ。

たちまち木々を揺らす風の匂いから、木の根の上を駆け回る小動物の足音まで、大量の情報が押し寄せる。その中でも異様な気配を放つ存在にジェイドは気づいた。

「苔岩の湖……」

エーテルの濃度が低く、魔物が近づいてこないので休憩所としてよく利用される場所。だが今は、おぞましいほどに濃厚で凝縮されたエーテルの気配があった。

「様子がおかしい。行くぞ」

ロウからことの一部始終を聞いたジェイドは、苔岩の湖に向かって走りながら改めてこの事態の異常さを考える。

（許可を得て地下牢に入り、アイデンを逃がし、地下書庫から裏クエストの刻まれた本まで盗み出した……そんなことできるのか？）

　地下牢として使われている地下迷宮は、実はそれ以外の用途でも使われている。

　全三十四階層の最下層にある、ギルドの地下書庫だ。門外不出の書物や危険と判断された遺物が収められ、ギルドマスターの出入りのみが許されている場所。裏クエストを保管するとしたら、ここしかないだろう。

　しかし、地下書庫は看守の管理外の場所。外部の人間は間違っても出入り不可能な区域だ。

　――もし。

　ジェイドはふと、嫌な可能性に、思い当たってしまった。

　脳裏を過ぎるのは、浅黒く焼けた初老の男だ。

　深い瞳と、皺の刻まれた貫禄のある顔。若者にも劣らない体格。ギルドの紋章が織られたマントを翻し、厳つい見た目とは反面、気さくな性格をした若かりし頃の最強冒険者――

（グレンが内通した……？　いや……まさか……まさかな……考えすぎだ）

　さすがに突飛すぎる。彼がそんな愚かな行為をする理由も、利点もない。

（ということはやはり、一番怪しいのは〝黒衣の男〟

　ルーフェスやハイツに魔神の情報を与えた男。裏で糸を引き、裏クエストを見つけさせ、魔神の封印を解かせようとしている張本人だ。地下牢の出入りや囚人の釈放までどうにかできるなど、ただの一人間にできる範囲を超越しているが……。

（黒衣の男……何者なんだ……⁉）

ただのデマ事件だと思っていたこの事態。その裏にいる人物の底知れなさに、ジェイドはぞっと血の気が引く。だがジェイドは一旦その疑問を頭の隅に追いやった。今はまず、目の前に迫った問題を解決しなければならない。

苔岩の湖に辿り着くと、その異変はすぐに目に飛び込んできた。

「これは……」

苔岩に、ぽっかりと穴が開き、その奥に地下へと続く階段が延びていたのだ。当然だが、数日前に来た時はなかったものだ。

「鳥嘴氷」

ロウが湖を凍らせ、苔岩に続く道をつくる。階段の手前で一度立ち止まり、ジェイドは慎重に階段の延びる穴の向こうを調べた。先の見えない暗闇の向こうからは、森にただようものより遥かに濃いエーテルの気配がだだ漏れていた。

「〈百眼の獣士〉でも階段の先が見えない……相当深い地下につながっているな。それにこのエーテルの濃度……間違いなくこの先にボス部屋がある」

「地下……？　一階層しかない永久の森に別階層があったってこと？」

アリナの疑問に、ジェイドが頷く。

「……隠し階層……いや、この地下こそが永久の森の本当の〝遺跡〟かもしれない。永久の森は、隠されていたこのダンジョンからエーテルが漏れていただけとも考えられるな」

行こう、とジェイドは階段をくだり始めた。長い階段の壁には、スキル光のようなものが走り、幾何学的な模様を描いていた。ロウの光球で照らしているものの、魔法がなくとも足元ははっきり見えるほどだ。やがて階段の終わりが見え、辿り着いたのは――

「ボス部屋……か？」

濃厚なエーテルの気配。重い両開きの鉄扉を開けた向こうに、不思議な洞窟が広がっていた。冷やりとした静謐な空間。ギルド本部の訓練場に匹敵する広さ。壁はむき出しの岩肌で、薄青にぼんやりと光っている。ドーム状となっている高い天井からは水がピチャピチャと落ち、いくつもの水たまりをつくる床には、大きな魔法陣が一つ、淡く光っていた。

「おや、先を越されてしまいましたね」

背後からかかった声に振り向くと、ハイツたちが階段をくだってきたところだった。その後ろに何食わぬ顔をして控えるアイデンを見て、地下牢の脱獄というにわかに信じがたいことが本当に成されていたのだとジェイドは確信する。

「処刑人様もわざわざ呼んでいただいて、結構なことです」

ハイツの視線は処刑人の外套に身を包むアリナに向いた。

「まあ当然ですか。魔神が復活したらいかな白銀とはいえタダでは――」

「氷礫雨！」

ハイツの嫌みったらしい言葉を遮り、ロウが魔法を唱えた。もはや前口上も何もない。これ以上ハイツたちの好き勝手にはさせられないのだ。

ロウが唱えたのは魔道芸人（ピエロ）が使ったものと同じ氷系の黒魔法だが、ただの氷雨（ひさめ）ではなかった。空中に出現した無数の氷の礫（つぶて）は、まるで魚群のように鮮やかにロウの意に沿いハイツたちの手足に着弾した。氷礫雨（インベル）の応用、無数の氷の雨を意の場所に集中させる高等魔法だ。

「これは……！」

着弾した四肢がみるみる凍りついていく様を見て、しかし慌てたのはアイデンだけだった。ハイツも男も何の抵抗もせず、みるみる氷漬けになっていく手足を黙って見下ろしている。

「ほう。無差別広範囲魔法をここまでコントロールしたものは初めて見ました。さすがは白銀に選ばれる黒魔道士。素晴らしい」

「魔神は復活させねぇ……！」

「そうですか。しかしあなたたちは僕らをこの場で殺すわけにはいかない。魔神の復活には人間の魂が必要だそうですからね。でも僕たちはあなたたちを殺しても何の支障もないわけです」

「は……それで、自分たちが有利になったつもりか？　てめえらはそこで氷漬けになりな！」

「——スキル発動」

だが彼らの全身が氷に閉ざされる直前、ハイツの背後に控えていた無口な男が、初めて、のっそりと口を開いた。

「〈魂の献上者〉」

瞬間。

赤い超域スキルの光が、真一文字に引き結ばれていた男の体から解き放たれた。どちゅ、と湿った気持ち悪い音がしたかと思うと、次には男の体が氷礫雨の氷ともども内側からはじけ飛んだのだ。洞窟内にべったりと赤をまき散らしながら四散し、べちゃべちゃ、と肉の塊が飛び散っていく。

「……ッ⁉」

ジェイドは驚愕に硬直した。後ろでルルリが細い悲鳴を上げる。同時、ハイツたちを覆い尽くそうとしていた厚い氷が音を立てて砕け散った。

「おお、これまたずいぶん派手な散りようですね」

何食わぬ顔で拘束から解かれたハイツが、血だまりのなかに沈む肉塊をしげしげと眺める。

「自らの命と引き換えに、敵から受けた攻撃を仲間全員分、全て無効にするスキルらしいですよ。たかが黒魔法の解除如きに使うのはもったいなかったですかねえ？」

「……自……爆……⁉」

ロウは顔を青ざめ、今なお広がり続ける血だまりを愕然と見やった。

ジェイドの持つ〈終焉の血塗者〉同様、自らに害を与えて絶大な効果を得る自傷系スキル。

ハイツの言う通り、命を代価にする彼のスキルにはもっと高い解除効果があったはずだ。

しかしハイツにとっては、そんなことはどうでもいいのだ。自爆――すなわちあの無口な巨漢が死ぬということだけが、目的なのだろう。

魔神を復活させるために。

「素敵ですね、自己犠牲。こんな〝クソスキル〟を発芽した彼には同情を禁じ得ません」

洞窟内が静寂に包まれるなか、くつくつとハイツの笑い声だけが響いた。

「……お……おい……どういうことだよ……」

ぼそりと、アイデンが声を震わせた。凄惨な光景に血の気を引かせたのはジェイドたちだけではなかった。アイデンは目を見開いてハイツを問い詰めた。

「じ……自爆……したのか……⁉」

「見たとおりですよ。それがどうかしましたか、アイデン」

青ざめるアイデンに、ハイツは柔和な眼差しを向けた。いやその眼差しは、柔和なようで、静かに狂っていた。

「説明しましたよね。魔神の復活には人間の魂が必要だと。彼のスキルの一番有効な活用方法だと思いませんか？」

「きっ……聞いて……ねえよ……！　なんだよ、それ！」

顔を真っ青にして、アイデンは後ずさった。

「隠しダンジョンに眠る魔神は神域スキルを与えてくれる存在だって……」

「やだな、そんな都合のいいものがこの世にあると本当に信じてたんですか？」

きょとん、とハイツが目を瞬く。

「な……な……」

「大丈夫、あなたの役割もちゃんとありますよ。――我らは魔神様の贄。魔神様に食っていただき、より強大な力を得ていただくために集まった。本当は祭りで一騒ぎ起こしてくれたリカイドもこの場に連れてきたかったのですが。どうやら祭り会場で捕まってしまったようです」

「どうしてそこまで魔神を復活させようとする！」

たまらず、ジェイドは声を荒らげていた。

「そんなことをして何の意味がある……！　魔神に殺されるだけなんだぞ！」

「……どうして、ですか？　まああなたには分からないでしょうね。スキルに恵まれ日々華々しく活躍する白銀様には、ゴミみたいなスキルしか与えられず、泥水をすすっている底辺冒険者のことなんて……」

ハイツはため息とともに淡々と語り始めた。

「僕のスキル〈空の超越者〉は、便利なように見えて致命的な制限があるんですよ。自分で移動先を細かく指定できないのです。これは言わば、〝脱出専用〟のスキル」

ハイツの柔和な瞳は、しかし鋭く光り憎悪にまみれていた。

「もちろん駆け出しの時は重宝されました。けど、仲間のレベルが上がり緊急脱出の必要が無くなってくると僕は厄介払いされた——お前なんて所詮〝歩く転移装置（クリスタル・ゲート）〟だと笑われてね」

「……！」

「はは……ははははは！　笑えますよね。歩く転移装置（クリスタル・ゲート）ですって！　言い得て妙ですよ。そもそもどうしてスキルなんてものがこの世にあるんでしょうね？　自分で選べず、魔法のように習得も修練もできない。一方的に与えられる運任せの力。〝当たり〟なら人生は華々しく、〝はずれ〟ならゴミ溜（だ）めを這（は）いずるしかない……何なんですか、これ？」

　ゆら、ゆら、と揺れながら、ハイツは目を見開き歯をむき出して、おぞましく笑った。

「自暴自棄になっていた僕に、ある日黒衣の男が現れ、教えてくれました。魔神という存在、それこそがこの世の生ける神。このゴミみたいな世界を無に帰すことができるのだと……！」

「黒衣の男——」

「手はずは全て彼が整えてくれました。おかげで何の苦も無く事が運んだ。白銀を誘い出せば処刑人もついてくると思いましたが、バッチリですよ。処刑人さえ仕留めてしまえば、魔神様の破壊は誰にも邪魔されない……！　初めて神様が僕の味方をしてくれているのです！　だから——！」

　どちゅっ、と湿った鈍い音が、ハイツの言葉を遮った。

　一拍遅れて濃い血の匂いが鼻をつく。

「あ……？」

ぽつんと怪訝な声を上げたのはハイツだ。

彼の胸元、ちょうど心臓がある場所に、可愛らしい小さな手が生えていた。背中から、素手で防具ごと貫いたのだ。

その異様な光景に、その場にいる誰もが言葉を失った。

一瞬静寂に包まれる洞窟で、ハイツは呆然とその手を見下ろした。あまりに唐突に、脈絡もなく、人間離れした力によって訪れた死に、しかしハイツは狂喜の笑みを浮かべた。

「魔神様……ッ!!」

可愛らしい手はずぼっと背中から引き抜かれ、ハイツはくずおれた。大量の血を吐き、周囲がどす黒く染まっていく。しかし死を目前にして彼の目は狂ったように輝いた。その目に崇拝する魔神を焼き付けようとがむしゃらに背後を振り向いて――

その顔を、小さな足が、踏みつけた。

「おっさんキモーい」

身も蓋もない言葉とともに、くすくす、と少女の笑い声が聞こえた。

薄闇の向こうから気配もなく現れ、ハイツを踏みつけたのは、年端もいかぬ長い金髪の少女だった。

　しかし、彼女が単なる少女でないことは、誰もがわかっていた。少女の陶器のように真っ白で細い喉元に、怪しく黒光りする小さな石が埋め込まれていたからだ。人形のような可愛(かわい)らしいフリルのスカートを揺らしながら、しかしその表情には惨忍な影が降り、虫けらでも見るような目でハイツを見下している。

　少女はふいに口角を吊(つ)り上(あ)げると、手についた血を舐(な)めとり、ハイツの顔を蹴り飛ばした。ゴギャ、と痛々しい音とともにハイツの首はあらぬ方向へねじ曲がり、赤い血をまき散らしながら吹き飛んでいく。

「……！」

　少女の可愛(かわい)らしいほっそりした足からは、はるかに逸脱した脚力。さらに、にたりと笑みを張り付かせたその右頬には、印が刻まれている。魔法陣を無理矢理半分に断ち切ったようなその半欠けの印は、よく見ると見知った形の一部だった。

　先人たちが遺物(レリック)に必ず刻む、太陽を模した魔法陣——神の印(ディア)だ。

　長きにわたり、冒険者の間で言い伝えられてきた〝特別な遺物(レリック)〟の正体。先人たちの力への欲望のままに生み出された〝生きた遺物(レリック)〟。皮肉にも自らの行為によって滅んでしまった、先人たちの悪(あ)しき忘れ形見——

　魔神。

「ヴィエナ……人間がたくさんいるよ」

凍りつく洞窟に、さらにもう一つ、小さな声が響いた。

長い金髪の少女の背から、ひょこりともう一人の少女が顔を見せたのだ。ヴィエナと呼ばれた長髪の少女と同様、首元に小さな魔神核が埋め込まれている。いや、二人の共通点はそれだけではなく、双子のように同じ顔、同じ背丈、同じ髪色をし、頬に刻まれた半分になった神(ディア)の印までヴィエナと一緒だ。髪の長さだけ、後から現れた少女は肩上でばっさりと切りそろえられ、それでようやく見分けがつく。

「魔神が……二人⁉」

双子の少女を前に、ジェイドは顔を強(こわ)ばらせた。構わず、ヴィエナと呼ばれた長い髪の小さな魔神が笑う。

「そうね、人間がいっぱいいね、フィエナ。あれはあたしたちのための贄(エサ)だよ――」

ヴィエナは、子供特有のころころした幼い手を前に突き出しながら、さらに口を動かした。

「唱え〈巨神の死矢(ディア・モーテ)〉」

瞬間、ヴィエナの喉元の魔神核に白いスキルの光が走った。同時、彼女の周囲に白光が駆け巡り、円を描き、巨大な魔法陣が展開される。突き出された小さな手の周囲に光の粒子が収束し、何もない虚空(こくう)から、巨大な武器が出現する。

少女の背丈の倍はありそうな、銀の大弓だった。

アリナの大鎚（ウオーハンマー）や魔神シルハの大槍（おおやり）と同様、スキル発動と同時に生み出される、銀の装飾が施された巨大な武器。少女の喉元に埋め込まれた魔神核が煌々（こうこう）とスキルの光を放っている。

「……！」

ジェイドはすぐさま大盾を向け、臨戦態勢に入った。しかしヴィエナはすぐに攻撃しようとしてこず、後ろに隠れたままの相方――フィエナをせっついた。

「フィエナも早く、ほら」

「フィエナもやるの……？」

「やるの」

短髪のフィエナはおずおずと前に出て、ヴィエナと同じように、しかしヴィエナの強気な態度とは対照的に、控えめにつぶやいた。

「となえ……〈巨神の死矢（ディア・モーテ）〉」

詠唱に応えて虚空（こくう）から現れ出たのは、ヴィエナと同じ銀の大弓。当然のようにやってのけた同一のスキル発動に、ジェイドが息を呑（の）んだ。

「ス……スキルを……共有……!?」

スキルは本来、固有のものであり、全く同じスキルというものは存在しない――それが冒険者の間での共通認識だ。故に、目の前の光景は異常以外のなにものでもなかった。

「当然でしょ？　だってあたしたちは、二人で一つ」

ジェイドの驚愕(きょうがく)を鼻で笑い飛ばし得意げに胸を張ったヴィエナは、空腹の獣のようにぺろりと舌で唇を舐(な)め、ジェイドたちを見回した。

「さぁーて、どの贄(エサ)から食べよっかな？」

32

「来るぞ、ルルリ！」

ジェイドのかけ声に、はっと我に返ったルルリが慌ててスキルを発動させた。

「スキル発動〈不死の祝福者(シグルス・リバイブ)〉っ！」

高い自動治癒効果を付与するルルリの強力な超域(シグルス)スキルだ。盾役(タンク)であるジェイドに与え、同時にルルリは申し訳なさそうな声でアリナに謝った。

「アリナさんすみません……！　神域(ディア)スキル保持者に超域(シグルス)スキルは効かないのです……」

「ジェイドみたいにボコスカ負傷する趣味ないから大丈夫。それよりルルリは下がってて」

謝られたところでどうしようもないことなのだが、やはり回復役(ヒーラー)としての性か、彼女はひどく落ち込んだ様子で少しだけ押し黙ってから、言われた通り岩陰へと身を潜めた。

「くそ、魔神が二人だと……！」

ジェイドは大盾を構えて腰の長剣を抜き放つ。その横でアリナも油断なく敵を見据え、スキルを発動させようとして――

「ん、んん⁉　あれ、イケメン⁉　イケメンだ！　イケメンはっけーん‼」

ヴィエナが、突然ぱあっと目を輝かせた。その熱い視線は苦い顔をしたジェイドに向けられている。そこだけは子供らしく無邪気にはしゃぎながら、しかし無造作に手から銀の矢を生み出すと、ヴィエナは大弓を引き絞りジェイドに狙いを定めた。

「イケメンお兄さんの魂、もーらい！」

同時、アリナはジェイドの脇から飛び出していた。

「スキル発動〈巨神の破鎚(ディア・ブレイク)〉！」

詠唱に合わせ現れた大鎚(ウォーハンマー)を握り、放たれた凶暴な銀矢の一撃を真正面からはじき返す。へし折られてあらぬ方向に吹き飛ばされた矢は、虚空(こくう)であっけなく霧散した。

（！　力が互角じゃない……？）

そのあまりに軽い感触に、アリナはわずかに目を見張った。魔神シルハの大槍(おおやり)とぶつかり合った時は、アリナとシルハの力は拮抗(きっこう)し打ち破るのに苦労したのだが。弓矢という武器性能のせいか、あるいは――

考えながら、アリナはヴィエナに狙いを定めて駆け出した。迎え撃つヴィエナは、しかし己の初手を難なく打ち砕かれた光景に一つも動揺していなかった。ぐんぐんと迫るアリナを前に、一向に回避の気配を見せない。それどころか防御の姿勢もとらず、悠々と大鎚(ウォーハンマー)を見つめ——

彼女を叩(たた)く直前、その間にフィエナが割って入った。

「⁉」

アリナの大鎚(ウォーハンマー)の打撃面がフィエナに直撃した。その一撃は喉元の小さな魔神核ごと、やすやすと上半身を消し飛ばす。

(硬くない……⁉)

魔神シルハは神域(ディア)スキルであるアリナの大鎚(ウォーハンマー)の一撃をも跳ね返す、強靭(きょうじん)な肉体を持っていた。それに比べてフィエナの身体(からだ)は、ただの人間よりもはるかに、紙のように脆(もろ)い。あまりの脆弱(ぜいじゃく)さに何か不気味な予感めいたものが背筋を駆ける。

その予感は当たっていた。

「な……⁉」

盛大に欠損させたフィエナの身体(からだ)の断面がうごめいて、瞬く間に新しい肉体を形成し始めたのだ。数秒も経(た)たないうちに、目の前には元の衣装そのままのフィエナが復元していた。

すでに弓を引き絞り、その矢尻がアリナの眉間に定められている状態で。

「くっ」

強引に身をひねるのと、巨大な矢がアリナの耳横をかすめるのはほぼ同時だった。しかしそのわずかに体勢を崩したアリナを狙って、ヴィエナが矢を向ける。

「あれれ？　もうチェックメイト？」

にやりと笑い、放たれた矢。完全な隙をついた攻撃は――しかし獲物を取り損ね、何もない空間をむなしく通り過ぎただけだった。

「？　どこに――」

上だ。

強引に地を蹴って矢を躱したアリナは、怪訝に周囲を見回すヴィエナを眼下にとらえていた。

「はあああ――――ッッ！」

気合いと同時、落下の重力も乗せた大鎚の一撃を、ヴィエナの脳天に叩きつけた。

ぼぐ！　と鈍い音が薄青の洞窟に響き渡る。そして感じるのは、やはりあまりに軽い、何の手応えもない感触だった。

着地したアリナの目の前で、顔と右肩を引きちぎられた泥人形のような姿で、ヴィエナがぬぼうっと立っていた。喉元の魔神核を確実に破壊している。――が。

「！」

は、とアリナは息を呑んだ。やはりもぐもぐと奇妙な音を立て、フィエナと同様欠損した肉体がみるみる再生されていく。数秒も経たないうちに、何食わぬ顔をして魔神核ごとヴィエナが復元したのだった。

「……まさか、こいつら……再生能力を持っているのか!?」

「ピンポーン」

ジェイドが気づいたように声を上げるると、ヴィエナがケラケラ笑いながら肯定した。

「言ったでしょ。あたしたちは二人で一つなんだから」

可愛らしく人差し指を立てながら余裕の表情。まるで絶対勝てる試合を楽しむ子供のようである。

「……対の性質を持ってるっぽいな」

一旦ジェイドの元へと退いたアリナに、ぼそりとつぶやいたのはロウだ。

「ペア？」

「これはあくまで魔物の場合だけどよ……核心を突かないといつまでも再生や増殖を続けるめんどくせぇ特徴を持った魔物がいる」

「そうだな……厄介だ……」

ロウの考察にジェイドも頷き、言葉を続けた。

「対の魔物は、本体であるどちらかを叩けば終わるパターンと、対の欠片でも残っているだけで無限に再生・増殖するパターンがある……おそらくあの魔神は後者のパターン」

「後者って……え、じゃあ叩いても叩いても終わらないってこと？」

「魔物が相手なら、どっちも均等に攻撃していってトドメを広範囲魔法で一掃――とか調整してどうにかするんだけど、魔神相手に有効な広範囲魔法なんてねえし……」

黒魔道士のロウが、後ろめたそうに唸(うな)った。

「あの二人の持ってる魔神核を同時に壊すしかない」

提案したジェイドは、しかしそう言いつつも表情を曇らせている。当然だ。アリナも渋面を作り、ぼそりとつぶやいた。

「いや大鎚(ウォーハンマー)で二体同時攻撃なんて……無理なんだけど……」

攻撃範囲の広い大剣や黒魔法ならいざ知らず、大鎚(ウォーハンマー)というのは単体攻撃が基本だ。あちこち飛び回る二体を同時に叩(たた)くなど不可能に近い。

「……」

ジェイドも無理難題であることは承知で言ったのだろう。押し黙り油断なく双子の魔神を見据えつつ、頭のなかは必死に勝機を見い出そうとしているようだ。

「はあーそれにしてもなに？　このくっらぁーいじめじめぇーっとした陰湿な場所は！」

そんなアリナたちの様子など気にもとめず、ヴィエナは洞窟の中をまじまじと見回して盛大なため息をついた。

「あたしたちの術が一個しかないっていうのもさぁー、派手さに欠けるよね。弓矢とか地味すぎ目立たなすぎでマジウケる。もう飽きたー！　ね、フィエナもそう思うよね？」

「……フィエナは、けっこう好き」

「フィエナのためにも、もーっとたくさん贄(エサ)を食べて、術を増やさなきゃ！」

　フィエナの主張を無視して、ヴィエナはうっとりと頬に手をそえる。

「このジメジメした場所を出れば……地上にはもっとたくさんの贄(エサ)がいるのかなぁ？」

　にたり、とその可愛(かわい)らしい外見からはかけ離れた邪悪な笑みを浮かべるヴィエナに、薄青の洞窟内に緊張の糸が張り詰めた。

　来る途中、アリナはジェイドから一つの仮説を聞かされていた。魔神核にはいくつもの神域(ディア)スキルが封じられ、魔神は殺した人間の数だけ神域(ディア)スキルを手に入れるのではないか、という仮説。おそらくヴィエナの発言から察するに、その仮説は正しい。

　永久の森から一番近い町はイフールだ。今日は百年祭で多くの人間が集まっている。もしアリナたちがここで全滅し、魔神が地上に出てしまったら——

（もう魔神を止められなくなる。ここで討伐するしかない……）

　もとよりそのつもりだ。白銀たちの誰一人、死なせる気など毛頭ない。

「そう考えたらワクワクしてきた！　早くここの贄(エサ)を食べ尽くして、地上に出なくちゃ」

　ヴィエナは先ほどまでのうんざりした態度をコロッと変えると、上機嫌に広げた手に大きな銀の矢を生み出した。

「……アリナさん」

　横で、先程から沈黙していたジェイドがようやく口を開いた。

「あいつらの魔神核、ずいぶんと小さい。おそらく一つの核を二つに分けてる……その分、それぞれの持ってる攻撃力も体の硬さも、見る限りではシルハより下だ」

「それはそう思う」

シルハのような強靭(きょうじん)な肉体も力も持たない代わり、あの双子の魔神には一方を叩(たた)いただけでは復元するという厄介な再生能力がある。シルハの時のような力押しではどうやっても勝てない相手だ。

「ヴィエナは俺狙いだ。だから俺がヴィエナをうまく引きつけて誘導する。アリナさんはフィエナを頼む。あいつら二人を並ばせて、大鎚(ウォーハンマー)で同時に核を貫く……現状今できる最善の手段だ」

「ヴィエナを引きつけるって……確かにあの矢、シルハよりも弱いけど、さすがに超域(シグルス)スキルじゃ跳ね返せないでしょ。もしまともに食らったりしたら即死――」

「その点は心配するな。策がある」

「……そ。ならいい」

「いくぞ！」

かけ声と同時、ジェイドとアリナは地を蹴り、反対方向へ駆け出した。

33

岩陰に身を潜めたルルリは、ハラハラしながらアリナとジェイドの戦いを見守っていた。

「スキル発動――〈鉄壁の守護者（シグルス・ウォール）〉！」

駆け出し、最初に仕掛けたのはジェイドだった。とはいえジェイドが繰り出したのはいつものスキルだ。

いや。

ジェイドはその場に片膝をついて地面に手をつけ、その場に〈鉄壁の守護者（シグルス・ウォール）〉を展開した。

「え……?!」

全く無意味な場所に硬化のスキルが付与され、赤い光がぼんやりと浮かび上がる。直後に飛んできた矢を転がるように避け、隙を見てジェイドはまたも地に手をついた。

「〈鉄壁の守護者（シグルス・ウォール）〉！」

同じ超域（シグルス）スキルの重複発動。その後もジェイドは矢を避けつつ同様に無意味なスキル発動を繰り返す。最終的に、洞窟の各所に〈鉄壁の守護者（シグルス・ウォール）〉が発動した四つの赤い光点ができていた。

（なんであんなことを……?）

ルルリは眉をひそめた。同じスキルを何度も並列して発動するなど、普通やらない――いやできない。みるみるスキル使用の疲労が溜（た）まり、戦闘どころではなくなってしまうからだ。おまけに四つの超域（シグルス）スキルを維持し続けるなど、いかに体力のあるジェイドといえすぐに消耗してしまう。

「そぉーんな下等な術、何回繰り出そうがあたしの攻撃は防げないよーイケメンお兄さん！」

ヴィエナが小馬鹿にしたように笑いながら、矢を放つ。銀の矢はすんでで方向を変えたジェイドの足下に突き刺さり、周囲の水たまりから水飛沫（みずしぶき）が上がった。同時、

「スキル発動、〈終焉の血塗者（シグルス・ブラッド）〉！」

眼前に向かって手を突き出し、ジェイドが二つ目のスキルを発動させた。

「な――」

予想外のスキル名を聞いて、ルルリは一瞬心臓をどきりとさせた。

〈終焉の血塗者（シグルス・ブラッド）〉。これは仲間に向いた攻撃を、全て強制的に術者へと向けるスキルだ。我が身を盾にし仲間を助ける起死回生の自己犠牲スキル。約束ではルルリの〈不死の祝福者（シグルス・リバイブ）〉と併せて使うものである。

確かに今、ジェイドには〈不死の祝福者（シグルス・リバイブ）〉をかけている。だが、そもそもヴィエナの攻撃の矛先はジェイド以外に向いておらず、そもそもこのスキルを使うような局面にない。

「無駄なあがきはやめなよ――」

す、と音もなく、ジェイドの目前に、ヴィエナが入り込んだ。シルハより劣るとは言え、その速度は人外のそれである。加えてスキルの発動に気を削（そ）がれている分、ジェイドの動きも鈍る。ヴィエナは小さな体躯（たいく）を利用し、いとも容易（たやす）くジェイドの懐（ふところ）に潜り込んでいた。

「！」

「ジェイドッ！」

矢尻がジェイドの眉間に突きつけられた、すでに回避不可能の距離。ルルリが思わず悲鳴を上げた瞬間——

「——〝収束〟」

ジェイドが、奇妙な言葉を唱えた。

「〝展開〟！」

ばぢッ！　と空気が破裂するような、耳障り(みみざわ)な音が弾(はじ)けた。

同時に、思わず目を閉じてしまうほどの、強烈な赤いスキルの光が炸裂(さくれつ)した。その光源は無作為に付与された四箇所の〈鉄壁の守護者(シグルス・ウォール)〉だ。

「⁉　なにそ——」

「複合スキル発動、〈千重壁(ミリア)〉！」

動揺するヴィエナの声を遮り、再び空気の爆(は)ぜる音が響いた。音と共に、四箇所から暴力的な赤光(しゃっこう)がジェイドの大盾めがけて収束する。毒々しいほどの真っ赤な光に包まれた大盾は、咄嗟(とっさ)に放たれたヴィエナの、神域(ディア)スキルの銀矢を——いとも簡単に弾き飛ばした。

「超域(シグルス)スキルが……神域(ディア)スキルを弾いたのです⁉」

ルルリは思わず驚愕(きょうがく)の声を上げていた。

それも当然だ。最上位格のスキルである神域(ディア)スキルに、超域(シグルス)スキルは通じない——この理屈は、以前のシルハとの戦いで痛いほど思い知らされたのだから。

「なにそれぇ……!?」

〝下等な術〟と侮っていたジェイドのスキルに矢を防がれ、さすがのヴィエナも動揺したようだ。大きな目をさらに見開き、未知の光景に慌てて周囲を見回した。まるで大量のエネルギーが漏れ出るかのように、ジェイドの周りに赤い光が揺蕩い、二種類のスキルによる相反する力が擦れて紫電が弾けている。

「あれは……！」

ロウがはっと気づいたように声を上げた。ルルリもまた、ロウと同様のことに思い当たっていた。数日前、〝危険な特訓〟と称してジェイドがギルド本部の訓練場で発動させ、立てなくなるほどの激しい消耗に見舞われたスキルだ。

「ぐっ……」

あの時と同じように、やはりジェイドは苦しそうに顔を険しくさせ、ふらりと一歩よろめいた。神域スキルと対等以上の力を発揮するあの技は、相当な消耗を強いられるようだ。

「そんな下級の術であたしの攻撃をはじくとかありえないんだけど!?」

しかし、自分の力に絶対の自信を持つ魔神にとって、〝下級の術〟に攻撃を防がれたことは、少なからず動揺を与え、一瞬の隙を生み出していた。ヴィエナはジェイドを警戒して距離をとり――その背中に、と、と何かが当たった。

フィエナの背だ。

「フィエナ？」

アリナがフィエナを追い詰め、ここまで誘導していたのだ。背中合わせに並んだ二対の魔神。は、とアリナたちの狙いにようやく気づいたヴィエナが顔を強（こわ）ばらせた頃には、アリナはすでに大鎚（ウォーハンマー）を振りかぶり、大きく一歩踏み込んでいた。

「はああああああ――――ッッ!!!!」

十分に溜（た）めた刺突面の一撃が、容赦なくフィエナの顔を魔神核ごと破砕した。鈍い音が洞窟内に響き渡り、それはフィエナを砕いてさらに止まらず、当初の狙い通りヴィエナに届く――いや。

「ちっ――」

アリナは悔しそうな舌打ちとともに、ジェイドの横へと退避した。その鼻先を、一本の銀矢がかすめる。アリナの視線の先では奇妙なくぐもった音とともにフィエナが再生し、

「あっぶなー！」

寸前で大鎚（ウォーハンマー）の一撃を躱（かわ）したヴィエナの声が、洞窟に響き渡っていた。そこには何食わぬ顔をした双子の魔神が立っていたのだ。

34

「……ダメか」

つぶやいて、ジェイドは眉間に皺を寄せた。

こちらの攻撃タイミングは完璧だった。しかしおそらくフィエナの肉体を破壊することで大鎚の勢いがわずかに削がれ、ヴィエナの核に届くまでにコンマ一秒のタイムラグが発生した。その隙に避けられ再生の機会を与えてしまった。魔神のような超越的な身体能力のない敵ならおそらく通用するだろう荒業だが、やはり相手が悪すぎる。

「大丈夫なの、ジェイド」

すでに汗だくのジェイドに、アリナがちらりと視線をよこす。複合スキルの反動でみるみる力が吸い取られていく感覚を味わいながらも、やせ我慢でジェイドは頷いた。

「ああ。まだいける」

「で……何あれ。あの矢を弾いたスキル」

「複合スキルだ」

「複合スキル……？」

聞いたことのない言葉に、アリナが眉をひそめている。

「俺が勝手に編み出したものだ。二つのスキルを同時発動させて、〈鉄壁の守護者（シグルス・ウォール）〉の効果を重複させる……それが〈千重壁（ミリア）〉」

本来、〈鉄壁の守護者（シグルス・ウォール）〉が付与できる防御力はあくまで一定である。

何度重ねがけしようが効果は重複せず、増強される防御力には上限がある。だから、その上限を超える攻撃——神域（ディア）スキルの攻撃力には決して耐えられない。

しかし、その上限を超えられるかもしれない方法が一つだけある。それは複数のスキルを持ち、人並み外れた耐久力を持つジェイドにしかできない方法——他のスキル効果を掛け合わせることで、〈鉄壁の守護者（シグルス・ウォール）〉の効果を強引に重複させるものだ。

辿（たど）り着いたのが、〈終焉の血塗者（シグルス・ブラッド）〉を介するという方法だった。

〈終焉の血塗者（シグルス・ブラッド）〉は仲間に向いたスキルを強制的に自分に向けるスキルだが、本来は周囲に及ぶスキルを無条件で全て自分に向けるもの。その特性を利用し、周囲にいくつも発動しておいた〈鉄壁の守護者（シグルス・ウォール）〉を〈終焉の血塗者（シグルス・ブラッド）〉で回収すれば、本来重複しないはずの〈鉄壁の守護者（シグルス・ウォール）〉の重ねがけが可能となる。周囲に発動させておいた数だけ防御力増強効果が上乗せされ、強引に上限を突破できる仕組みだ。

まあ、その頭の悪い方法を思いついたのはだいぶ昔のことで、当時のジェイドは試して一秒ともたずに気を失い、一週間くらい寝込む羽目になったのだが。

「いろいろ試したけど、意識を保つ限界は〈鉄壁の守護者（シグルス・ウォール）〉四つ……だけど、神域（ディア）スキルにも十分通用する……！」

言うなれば己の高い耐久力を利用したごり押しの防御力増強方法。だが、これでジェイドも魔神と対等に渡り合える力を持った。以前のシルハとの戦いの時のような、アリナに任せきりの情けない盾役（タンク）ではなくなったのだ。

ふうーっと息を吐いて気合いを入れ、ジェイドは腰の長剣を抜いた。

「……アリナさん、もう一度だ」

「え？」

「アリナさん一人での同時撃破はさすがに無理、ってことはわかった。――今度は、俺がヴィエナを叩（たた）く。二人で同時攻撃だ」

「ジェイドが……？」

「合図で、同時に行くぞ」

細かい説明はなしだ。何しろこうして立っている間もずっしりと重い倦怠感（けんたいかん）が忍び寄ってきている。幾度かの〝特訓〟で複数のスキルを同時維持できる限界値を知ったとはいえ、そう長くは続かない。スキル疲労でぶっ倒れる前に、終わらせたい。

「……。わかった」

ジェイドの意志を察したのか、アリナは何も聞かず小さく頷（うなず）いた。

再び各々（おのおの）の狙いに目を向けて、ほぼ同時に地を蹴り上げる。

「お兄さんすごぉーい！　そぉーんな下級の術であたしの矢を防いじゃうなんて！」

ヴィエナに迫るジェイドを、少女の魔神は小馬鹿にするように大袈裟に驚いてみせた。ジェイドの〈千重壁〉で受けた動揺はあっさり引っ込んでいる。結局は魔神の再生能力を前に、ジェイドたちに手がないことを悟ったからだ。

「でもそれだけじゃ勝てないよ！」

言いつつ、生み出した銀の矢をつがえ、ジェイドに放った。ジェイドはきゅっと右に飛んでこれを躱し、さらに臆せずヴィエナに迫る。続く二本目の矢を身をかがめて躱して一歩前へ。三本目の矢を大盾で弾き、さらに前へ、前へ——

強引な勢いのまま大きく踏み込み、長剣の間合いに入った。瞬間、ジェイドは大盾に施した〈千重壁〉を解いてヴィエナに突き出し、その視界を塞いだ。

「!?」

大盾のスキルを解いた代わりに、右手に握る長剣に力を込める。

「〝収束〟、〝展開〟！」

ぐん、と点在する赤い光がジェイドめがけて収束し、それはたちまち長剣へと纏い付いた。

幾重の〈鉄壁の守護者〉を重ねた長剣は紅に染まる。同時に嫌な汗がぶわっと全身から噴き出した。複合スキルの連続発動に体が悲鳴を上げる。破裂しそうなほど激しく脈打つ心臓の鼓動を感じながら、ジェイドはちらっとアリナへ視線を送った。合図だ。察したアリナと一瞬目が合い、様子を窺(うかが)っていた彼女もまた、一息にフィエナとの間合いを詰めた。

「――〈千重壁(ミリア)〉ッ！」

幾重の防御力増強効果を重ねた長剣を突き出し――血のように赤く光る刃の切っ先は、ヴィエナの喉元を核ごと深々と貫いた。

「ぐ……あ⁉」

神域(ディア)スキルによる武器でもない、ただの長剣にやすやす核を貫かれ、ヴィエナが驚愕(きょうがく)に目を見開く。

〈千重壁(ミリア)〉により防御力増強効果を重ねた剣――言い換えれば、物理的な強度を増した剣は、もはや刃というより折れない鉄棒である。しかし、高い強度はそのまま武器になる。魔神の矢を跳ね返したその時から、ジェイドには〈千重壁(ミリア)〉を施した剣なら魔神の核を貫くことができると確信していた。

「くぅ……っ」

しかし複合スキルの二度目の発動は、ジェイドに予想以上の反動をもたらした。みし、と体のどこかが悲鳴を上げて、一瞬足がふらつく。しかし何とか踏ん張り、剣を引き抜いて、ヴィエナから距離をとった。

「あ……あ……？」

喉元の半核に大きな亀裂をつくったヴィエナは、一歩、二歩、よろめいた。痛々しい傷口も、真っ二つに割れた核も再生が始まらない。ちらりと確認すると、フィエナの核もアリナの大鎚(ウォーハンマー)により顔ごと消し飛んでいた。

「成功した……！」

再生能力が働かない様子を見るに、アリナと同タイミングで核を壊せたようだ。

ただの受付嬢でありながら、彼女の持つ高い戦闘センスと応用能力に感謝した。ジェイドの攻撃とタイミングを合わせるなど、簡単にやってのけているが普通は即座にできるものではない。本当に、受付嬢にしておくにはもったいない逸材である。

とはいえこれで、魔神の再生能力を完全に断った。ジェイドは柄にもなく勝利を確信し、ほんの少し気を緩めた――

その瞬間だった。

「――ざーんねんでした♪」

銀の矢が、ジェイドの目前に放たれていた。

「⁉」

当たる――ぞっと身を凍らせた瞬間、しかし直前で矢が弾(はじ)かれた。アリナだ。

「ちょっと待ってよ、確かに同時攻撃したはず……」

アリナがやや声を強(こわ)ばらせて、ジェイドの横に立った。その視線の先では、フィエナがみるみる肉体を再生し、核の傷を修復したヴィエナが何食わぬ顔で笑っていた。

「すごいじゃーんお兄さん。さすがイケメンはやることが違うね！」

「な……」

ジェイドはその光景に愕然とした。アリナの言う通り、確かに同時攻撃したはずだ。

「同時攻撃が効かない……!?」

何故だ。ジェイドは軽い混乱に陥った。確かにどちらも核ごと仕留めた。どちらも命を失ったはずだ。それでなお、どこから再生の力が得られるのだ。

「でもさぁ……いくらイケメンでも、こんな下級の雑魚術にしてやられるなんて、あたしちょっとショック」

ぼそぼそと、ヴィエナが何か言っている。

「屈辱だよね……屈辱だよ……」

ヴィエナは次の瞬間、ぎらっとアイデンに目を向けた。

「私に贄を……もっと力を……術をよこせ！」

八つ当たりのように、アイデンに向かって弓を引き絞る。は、と気づいたジェイドがアイデンに走った。ばぢんと不快な音を立ててジェイドの剣が矢を弾く。しかし十分な踏ん張りの体勢をつくれず、ジェイドは硬い岩肌の地面を吹き飛ばされた。半ば転がりながら、ロウに叫ぶ。

「ロウ！　そいつを連れて上に行け！　邪魔だ！」

「……！」

ジェイドの厳しい声に、アイデンが反射で何かを言いかけた。

しかしすぐに顔を険しくさせて口を閉ざし、その視線はしばし宙をさまよい、仲間の死体へ向く。それでも結局彼は何も言えず、弱々しく俯くだけだった。

自分が求めてきたものの正体。信じていた新しい仲間の裏の顔。最後の思いですがりついた手段すら無駄とわかって、彼は打ちひしがれていた。

「……いいのか、リーダー」

ロウが念のためといった様子で確認する。アイデンを地上に連れ出す。それはつまり、ロウもこの場を離れることになるからだ。

「ロウ。もし、魔神が外に出たら……その時は頼む」

答える代わりに、ジェイドはそう言った。ロウをお荷物扱いする気はないが、戦線を離脱する人物としては、魔神に対する有効打を持たないロウが最適であることも事実だった。

「……俺のスキルで倒せるかわかんねえけどな。まあその時は、任せてくれよ」

強がりを言って、ロウはアイデンを肩に担ぎ階段を上がっていった。

「あー！　贄が逃げたー！」

地団駄を踏んで、ヴィエナが顔を真っ赤にする。

「もう怒ったぞ……！　フィエナ！」

先ほどからちっとも自分の思い通りに事が運ばないことに腹を立て、ヴィエナが厳しくフィエナを呼びつけた。ととと、と言われた通り近づいたフィエナの喉元に——次の瞬間ヴィエナが、容赦なく爪を突き立て、めりこませ、そこに埋められていた小さな魔神核をえぐり取った。

「な⁉　何を……⁉」

魔神核を失ったフィエナの肉体がぼろぼろと崩れ、消えていく。その様には目もくれず、憤怒に顔を険しくさせるヴィエナは、奪い取った魔神核を飲み込んだ。

「あたしを……怒らせたな……？」

少女の低い声が、洞窟に不気味に響いた。

「死ね……、死ね……、死ね……！」

ぶつぶつつぶやきながら、ヴィエナの体が膨れ上がり始めた。

「⁉」

可愛らしい顔が、手が、みるみる肥大し、変形し、少女の面影すらなくしていく。その異様な様と、一体目の前で何が起きようとしているのかまるで理解できないその不安に、ジェイドの表情が強ばった。

「……な」

やがてそこに現れたのは、鮮やかな金の髪を持った、一人の女性だった。

ただしその背丈は人間の倍はあろうかという大きさで、少女たちが持っていた巨大な銀の大弓も、その女が持つと小さく見えるほどだ。目は虚ろで、表情はなく、口はだらしなく半開きのまま。なによりその首元には、シルハの魔神核を超える巨大な核が、不気味に黒光りしていて――

ひゅ、とジェイドの耳横を、鋭い風が通り過ぎた。

「え……？」

思わず口から漏れ出た、ジェイドの間の抜けた声が響く。

耳横を通り過ぎたのは、風でない。巨女が放った銀の矢だった。

一拍の間。

ずぎゃぎゃ！　と次の瞬間、ジェイドからわずかにずれた岩場から乱暴な音が響いた。矢の突き立った岩場が大きく抉(えぐ)れた音だ。放たれた銀の矢自体も、その速度に耐えきれずにボロボロにへし折れている。

ジェイドはその様子を視界の端で捉えながら、思わず、呼吸が止まった。

――見えなかった。

一歩も動くことができなかった。

気配すら感じ取れなかった。

突如飛来したその矢がジェイドの頭を砕かなかったのは、ただの偶然でしかなかったのだ。

「――私はヴィルフィナ――」

巨女は、のっそりとそうつぶやき、しかし動作だけは正確に、次は矢尻をアリナに向けて構え、静かに言った。

「――死ね」

35

アリナの背筋に悪寒が駆け抜けた。

ヴィルフィナと言う巨大な女から放たれた矢が、ぎゃん！　と凶暴な音を立て、空を切り裂いてすっ飛んでくる。あまりの速度に綺麗な弓なりを描くこともできず、放たれた銀矢は一直線にアリナに迫った。

「――ッ！」

その圧倒的すぎる速度に、一瞬停止しかける思考をむりやり叩き起こし、ほとんど反射で、大鎚を立てて防御した。銀矢は狙い違わず、アリナの大鎚に突き立ち――

ばしゅん、と気の抜けた音が響いた。

「……は……？」

アリナは目の前の光景に呆然と目を見開いた。

先程まではいとも容易くはじき返せていたはずの矢は――しかし瞬く間に大鎚にめりこみ、強引に突き進み……

大鎚を破壊したのだ。

それでもなお猛攻は止まらず、凶暴な矢はわずかに軌道を変えてアリナの脇腹を穿(うが)った。

「――‼」

突き刺す痛みが、全身を駆け巡った。

硬直する視界のなかで、破壊された銀の大鎚(ウォーハンマー)が弾(はじ)け、白い粒子となって霧散していく。

その見たことのない光景にアリナの思考が停止した。

直後、大きく後ろに吹き飛ばされていたアリナは、転がるように落下した。

「か、かふっ……」

脇腹に矢をくらっただけ。そうとは思えない激痛が、アリナの全身を貫いていた。あまりの痛みに意識がとびそうになる。混乱する思考のなか、ヴィルフィナと名乗った女が、矢を直接手で持ちのそりのそりと近づいていた。

「私はヴィルフィナ……死ね……私はヴィルフィナ……」

ぼそぼそつぶやきながら、立てないアリナに銀の矢を振りかざす――

36

「アリナッ‼」

巨女の銀矢がアリナに振り下ろされる寸前、しかし間一髪で飛び込んだジェイドは、アリナを抱えて転がるように矢を躱(かわ)した。

「がっ……！」

その際、巨女の矢がジェイドの上腕をかすめた。かすめただけだが、それは防具をやすやすと貫通し、肉をえぐり、深々とした裂傷を刻みつける。獲物を捕らえ損ねた矢尻は硬い岩場に突き刺さり、ぞん！　と不気味な音を立て、深い穴を穿(うが)つ。その衝撃に足をとられながら、ジェイドはアリナを抱えてヴィルフィナから離れた。

「なんだこいつ……⁉」

出来損ないの人間のような異様な姿で、〝ヴィルフィナ〟と言った巨女はのっそりと顔を上げた。ジェイドを見失ったのか、ぬぼうっとした目で周囲を何度も見回している。

力は凄(すさ)まじいが動作は緩慢で、知能の低い魔物のような仕草。それを確認し、ジェイドはアリナをルルリの元へ運んだ。

「あ、アリナさん……っ」

ルルリも顔を真っ青にし、アリナに駆け寄った。

「致命傷は避けているが……妙な……傷口だな……」

アリナを寝かせ、のっそりと歩いてくるヴィルフィナに油断なく視線を向けながら、ジェイドは負傷の痛みに顔を歪める。

矢をかすめたジェイドの腕は、血管が傷つくほどの深い裂傷が刻まれているというのに流血はなく、代わりに傷口がどす黒く染まっていた。それにジェイドにかけられた〈不死の祝福者〉が全く反応せず、一向に治癒が始まらない。

「ただの傷じゃないのか……？」

何かが傷のなかでうごめき、暴れている。そうとしか形容しようのない痛み。アリナも激痛のあまり額に脂汗が噴き出し、苦しそうに歯を食いしばっている。

（あれも、魔神……？）

ジェイドは巨女を見やり、眉をひそめた。ぬぼうっと虚空を見つめたまま、思考停止したようにフリーズしている巨大な女は、確かに喉元に巨大な魔神核を持っている。両の頬にはそれぞれ半欠けの神の印が刻まれ、不気味に二つ並んでいた。

〝私たちは二人で一つ〟――ヴィエナが何度も得意げに言っていた言葉を思い返した。両頬に刻まれた半欠けの神の印は、確かに二つを合わせてようやく一つの魔法陣となる。

（あのでかい奴が、双子の魔神の真の姿なのか……!?）

神(ディア)の印と、巨大な黒い魔神核。特徴だけで言えば確かに魔神だ。だがこれまで見てきた、感情と思考を持った魔神とは明らかに異なっている。まるで、姿形だけを人間に似せた、別の何か――

「治癒光(ヒール)！」

〈不死の祝福者(シグルス・リバイブ)〉が効かないジェイドの様子を見たルルリが、治癒の魔法をアリナに施した。しかし当然、超域(シグルス)スキルすら効かない負傷にさらに弱い力である魔法が有効であるはずがなかった。

「浄化光(ミヌス)！」

それでも諦めずに別の手を試すが、やはり効果はない。

「毒……ではないように見えますが……そもそも魔法も効かないのです……！」

「ふっふー無駄無駄。この矢は〝死の矢〟だもーん」

そう告げたのはヴィエナの声だった。

いつの間にか〝ヴィルフィイナ〟は消え、またヴィエナとフィエナに戻っていた。ヴィエナは面白そうにぴょんぴょん飛び跳ねながら、動揺するジェイドたちを笑う。

「これはね、〝死〟そのものを直接付与する術。少しでもかすめたら死はかくてーい！　一定時間が経過したら、死が待ってるの♪」

「か……確定死……⁉」

「ね？　だーから言ったでしょ、地味だって！　どうせならドッカーンって派手にいきたいのにさ！　まったく、おとめごころをなーんにもわかってないんだからっ」

　わざとらしく腰に手を当て、ヴィエナは可愛(かわい)らしく怒ったような仕草を見せた。だがジェイドたちに突きつけられた現実は一つも可愛(かわい)くない。

　そうか、あの矢は、ただの遠距離武器ではない。

　ジェイドは自身に施されたルルリの〈不死の祝福者(シグルス・リバイブ)〉がなぜ効かないのかようやく理解し——そして絶句した。矢が触れた対象への、〝確定死〟という神域(ディア)スキル効果の付与。つまりこれは、神域(ディア)スキル級の状態異常。だから下位のスキルである〈不死の祝福者(シグルス・リバイブ)〉が効果を発揮しないのだ。

　一転して苦境に立たされた。

　それになんだ、さっきのヴィルフィナという女。焦点の合わない虚(うつ)ろな目に、同じことをうわごとのようにつぶやく様は知性や理性を感じられなかったが、反面強力な力を持っている。

（アリナさんの大鎚(ウォーハンマー)を破った……⁉）

　かつて戦った魔神シルハとは、アリナの力は互角だった。それ以上の魔神だと言うのか。

　いずれにしろ、このままではアリナが——

「ルルリ。俺にかけた〈不死の祝福者(シグルス・リバイブ)〉を解いてアリナさんの治癒に全力を注いでくれ。アリナさんの確定死の解除、任せる……！」

方法がないことはわかっていたが、ジェイドはあえてそう言った。そう言うしかなかった。どうにかしてやってもらうしかない。

「……」

ルルリは苦痛にうめくアリナを見下ろし、真っ青な顔で、こくりと小さく頷く(うなず)だけだった。

37

「死の矢の傷、痛いでしょ？　イケメンお兄さん」

先程の激しい怒りから一転して上機嫌な鼻歌混じりのヴィエナと、何食わぬ顔をして復活しているフィエナ。双子の魔神とジェイドは向き合っていた。

「もう終わりたいよね？　おにーさん？」

二人がジェイドにゆっくりと歩み寄ってくる。くすくす、くすくす、と洞窟にこだまする少女の不気味な笑い声を、しかしジェイドは鼻で笑い飛ばした。

「俺を痛みなんかで止められるとでも思ったなら、大間違いだ」

最悪だ――軽口を叩(たた)きながらも、ジェイドは首筋に嫌な汗を垂らしていた。

未知の傷を負ったアリナの姿に、激しく動揺させられていた。心臓が大きく跳ね、冷静であろうとする思考は、しかしぐちゃぐちゃにかき乱れる。

同時撃破は通じない。〝ヴィルフィナ〟に変形すると、アリナの〈巨神の破鎚(ディア・ブレイク)〉さえ通用しない。ジェイドの複合スキルもすでに二度発動し、もう維持の限界で——

「ぐ……っ」

その時、ぐらりと視界がひっくり返った。ガシャンと剣の落ちる音がして、奇妙な浮遊感の後、気づいたら膝が地面を叩(たた)いていた。

「ジェイド！」

後ろでルルリが慌てた声を上げる。それでようやく、自分が目眩(めまい)からくずおれて冷たい洞窟の底に這(は)いつくばっていることに気がついた。口の中を切ったのか、鉄くさい血の味が広がっていく。手を離れて転がる剣から、維持していた〈千重壁(ミリア)〉の深紅の光が消えていく様を見てジェイドは悟った。

(限界か……！)

特訓の時のように意識を飛ばさなかっただけ、まだ奇跡か。

「くそ……」

悪態すらも弱々しい声しか出てこない。

(どうしろってんだよ……こんなの……！)

わからない。どうしたら勝てるのか。全くわからない。

いや——もう無理かもしれない。

ジェイドは盾役としてやってきたこれまでの冒険者人生の中で、初めて心が折れそうだった。

「イケメンお兄さん、もう限界？　じゃああたしが魂もらうね――と、思ったけど」

ヴィエナが悪魔のように口角を吊り上げて矢を構え、わずかにその狙いを、ジェイドからそらした。〝確定の死〟をもたらす矢の先が向いたのは――アリナだ。

「あっちの贄がさっきからこそこそうっとぉーしいので先にやっちゃいまーす。イケメンお兄さんはぁ、あたしがあとでゆーっくり、食べてあげる♪」

「……！」

どくん、とジェイドの心臓が跳ね上がった。

もう矢を防ぐ〈千重壁〉はない。今、矢など放たれたら終わりだ。

アリナが死んでしまう。

アリナが――

（……落ち着け……！）

深く息を吸い、ジェイドは自分に言い聞かせた。

ルルリは必ずアリナを回復してくれる。だからそれまでは、何としてもこの場を死守するのだ。勝てる可能性があるのはその道筋だけ。ならば全力で、今できることをやるだけだ。

今、盾役としてできること。それはアリナに向いた敵視を取り戻すことだ。

ジェイドは這いつくばりながら必死にヴィエナを観察し、彼女の気を引ける何かを考えた。

双子の魔神。子供の外見。シルハに劣る肉体強度と攻撃力。無限の再生能力。半分ずつの核、半分ずつの神（ディア）の印──

（……半分？）

は、と気づいた時、ジェイドはもう、口を開いていた。

「──待てよ。失敗作……！」

矢を放とうとしていたヴィエナの手が、ぴたりと止まった。

「……今、なんて言ったの、おにーさん？」

「聞こえなかったか？　〝失敗作〟って言ったんだ」

ぺっと血を吐き出し、四肢に力を込めて立ち上がる。ジェイドは一か八かの挑発に出た。

──身を挺（てい）して仲間を守る盾役（タンク）は、決して敵視（ヘイト）を漏らしてはならない。

それが盾役（タンク）の基礎であり、真髄だ。魔惑光（ハストル）による敵視（ヘイト）の確保は、魔物のような本能的に行動する相手には有効だが、思考を持ち理性で行動する人間には通じない。無論、魔神にも同様だ。

だが、敵視（ヘイト）をとる方法は、何も魔法だけじゃない。

対象の感情を揺さぶる挑発、言葉巧みなハッタリ……感情を持つ生物だからこそ効く方法。

いざという時はありとあらゆる手を使って敵視（ヘイト）を確保しろ、とは盾役（タンク）の師から口を酸（す）っぱくして言われた言葉だ。素（す）っ裸（ぱだか）になってでも敵の注意を引け、頭を使え、魔法に頼るな。

「ねえお兄さん。あたしそういう頭の悪そーな煽（あお）り文句、だーっい嫌いなんだけど？」

「煽（あお）りだと思うか？」

「は？」

「完成品に辿（たど）り着く過程で、失敗作がいくつも生まれるのはよくあることだ」

ヴィエナの冷たい殺意を無視してジェイドは淡々と語り出した。これから口にしようとしていることは、何の根拠もないただの想像の話だ。双子の魔神の気を引くに足るかもわからない。

でも——絶対、敵視（ヘイト）だけは譲らない。

「俺たちの認識じゃ、その太陽の魔法陣——神の印（ディア）が刻まれた物は、どれも想像を超える性能を持った物だ。先人が作ったということ以外、何もわかっちゃいない……けど、一つだけ言えることがある。半欠けになった神の印（ディア）なんて、今まで一度も見たことがないってことだ」

「……」

ヴィエナはアリナを狙うことも忘れ、じっとジェイドを見つめていた。先ほどまでの子供のようにコロコロ変わる表情は固く強（こわ）ばり、人形のように無機質な表情を貼り付けている。

「お前たちの、顔にある半分だけの神の印（ディア）——二人で一つだと言うなら、ヴィルフィナになった時、完璧な一つの神の印（ディア）にならなかったのはどうしてだ？」

二人で一つ——そう言うなら、フィエナの核を食ったヴィエナは、完全体であるはずだ。だがその結果現れたのは、ヴィルフィナという知能のない力だけの化け物だった。神の印（ディア）は依然として一つの魔法陣にならず、両の頬に半分ずつ刻まれるだけだった。

「神の印（ディア）は先人たちが創作者として刻むもの。なら〝半分の神の印（ディア）〟はどういう意味だ？」

「……」

「俺はお前たち以外の、もう一人の魔神を知っている。完成した神の印（ディア）が刻まれていた。そいつに比べてお前たちの性能は明らかに劣っている。再生はするが肉体は脆（もろ）いし、ヴィルフィナは強い力を持っちゃいるが知能がない。どれもこれも、少しずつ欠けている」

「……失敗作？　違う……」

ボソ、とようやくヴィエナがそう言った。だがジェイドは構わず、言葉を続けた。

「だから、こう思ったんだ。お前たちの体に埋め込まれているのは、完成品に辿（たど）り着くまでの試行錯誤で生まれた失敗作の核なんじゃないかってな。失敗作と失敗作を掛け合わせても、結局は失敗作だ。〝ヴィルフィナ〟はただの失敗作の寄せ集め。いや、むりやり核を合わせた分、より不安定で、制御の難しい駄作って言った方がいいか？」

「違う……！」

「お前たちは二人で一つなんかじゃない。それぞれ少しずつ性能が劣っている失敗作。だから創作者たる先人は、失敗作の証（あかし）としてお前たちの身体（からだ）に、〝半分だけの印〟を刻みつけた」

「黙れッ!!」

ヴィエナの金切り声が、洞窟のなかに激しく反響した。

憤怒（ふんぬ）に目を見開き、表情を強（こわ）ばらせ、血の気を引かせた蒼白（そうはく）の顔で、しかし目だけはギラギラと血走らせて、噛みつくようにジェイドを睨みつけていた。

先ほどまでの可愛らしい少女の面影は消えていた。

「違う……違う……違う違う違う違う違う違う……ッッ!!」

ヴィエナは頭をかかえ声を上げた。激しく揺れる瞳は怒りに燃え立ち、ぎょろりとジェイドを睨んだ。激しい感情の高まりで震える指を、ジェイドに突きつける。

「失敗作だと……たかが贄ごときが……オマエから食ってやる……！　細切れにして……苦痛という苦痛を味わわせてやる……！」

「あいにく、すでにどこもかしこも苦痛まみれだ」

ジェイドにまっすぐ向いた、カタカタと震える矢尻を見据えてジェイドは笑ってみせた。

――敵視をとった。

「まあ、そう簡単に、俺の命はやらねえがな……！」

大盾を構え、ジェイドは叫んだ。

「〝収束〟……〝展開〟！」

ばぢん、と妙な音が弾け、一瞬視界が白く消し飛ぶ。スキルを発動しようとした瞬間――しかし全身を激痛が駆け抜けた。あまりの痛みに体が震え、文字通り鮮血の花火が散る。

「っ……」

三度目の複合スキル発動による反動。

予想以上の症状に、しかしジェイドは怯まなかった。この複合スキルを魔神との戦いに使うと決めた時から、生半可な反動で終わらないだろうことは全部承知の上だったからだ。

腕にくらった死の矢の傷と合わさった、猛烈な痛み。もう体のどこが痛いのかもわからない。だが、全身を襲う痛覚を、鉄の意志でねじ伏せた。よろめきそうになる体を強引に踏ん張り、痛みに消し飛びそうになる意識を、唇を噛んで耐えた。構わず、ジェイドは続けた。

「複合スキル、発動――!」

ちらっと脳裏で明滅するのは、少し前の悔しい記憶だった。

魔神シルハという未知の強敵に、なすすべも無かった自分。

アリナの危機を目の前にして、動かない手足。

そして今回は、アリナがずっと楽しみにしていた百年祭すら、満足に楽しませてあげられなかった。俺に魔神に対抗できる力がないから。魔神戦においては彼女に頼るほかないから。

魔神と対等に渡り合える力が欲しい。アリナが望む〝平穏〟を、与えてあげられるような男になりたい。百年祭で見せた嬉しそうな顔。あんな笑顔で、彼女がずっといられるように――

そのためなら、こんな体、いくらちぎれとんだって構わない。

「――〈千重壁〉!!」

明滅する視界の中で、赤が弾けた。それは血の色か、はたまたスキルの光か、ジェイドにはもはや判別できなかった。だがもうどちらでもよかった。ジェイドはむりやり口角を吊り上げて、真紅の盾を構え挑発の笑みをヴィエナに向けた。

「撃ってこいよ、その矢。俺を殺せるもんなら殺してみな」

38

「ジ、ジェイド……！」

三度目の複合スキルを発動させたジェイドを見て、ルルリはか細い声をあげた。

ヴィエナたちが何か罵倒しながら、怒りのままにジェイドに矢を放っている。しかしその全てを、ジェイドは大盾で弾いていた。その度、ぞっとするようなおぞましい音が響き渡り、悪夢のような光景にルルリは血の気を引かせていく。

ジェイドの複合スキルの光が揺蕩い、洞窟のなかを泳ぐ――それを見ながら、ルルリは恐怖を感じていた。

「……っ」

ジェイドはあれほど身を挺して守ってくれているというのに、ルルリを信じて命を削ってくれているのに、その期待に応える術がない自分が怖い。

治せって、どうやって治せばいいんだ。

ルルリは呆然と、アリナを見下ろしていた。

脇腹に受けた傷はどす黒く、まるでアリナをむしばんでいるようだった。アリナの顔色は死人のように真っ青だ。

神域スキルを持つアリナには、下位のスキルである〈不死の祝福者〉の効果は発動しない。発動したところで、ジェイドの傷にも効果が無い様子を見るに無駄だ。白魔法も通じない。

でも治さなきゃ。

考えろ。考えろ。考えろ。考えろ。考えろ。考えろ。

だが思考は全く冷静さを欠き、現状の打開策を考えるでも、知りうる限りの治癒知識を引っ張り出すでもなく、ただ一つの無関係な記憶に引きずられていた。

吐き気がするほど見覚えのある光景だった。かつての仲間を死に追いやったあの光景と。

その時の苦い記憶と経験が、ルルリの思考を後ろ向きにし、みるみる停滞させていった。

無理だ。私にはどうせ無理だ。この苦境を乗り越えられる力なんてどうせない。

無力だ。

無能だ。

だから私はまた、私のせいで仲間を失うんだ。

カラン、と乾いた音が響いた。力の抜けた手から魔杖が滑り落ちた音だった。

「……ご……ごめんなさい……アリナさん……ジェイド……！」

唇を噛み、いつの間にか目からは涙があふれた。この生死を分ける戦場において、何の価値も効果も生み出さないただの水が、ぼろぼろと目からあふれ出した。

「私には無理です……どうせ無理なんです……何も……できないんです……」

どうしようもない負傷の前に項垂れ、弱音を吐き、涙を流した。

何もできなくてごめんなさい。

ごめんなさい、ごめんなさい、ごめんなさい――

「なら、いいよ」

静かな声が降ってきた。

は、と顔を上げると、アリナが傷口を押さえながら立ち上がろうとしていた。それを見たルリは絶望も忘れて飛び上がる。

「あ、アリナさん、動いちゃダメなのです、傷が……！」

「関係ない。勝たなきゃ死ぬんだから……何かいい方法が思いついたら、その時はよろしく」

「そ……そうじゃないのですっ！　私にはもう、私には……！」

「私ね」

ふうーっと気合いを入れるように強く息を吐き出し、アリナは震える手を前に突き出した。

彼女の目は、自分の死の可能性を前に、しかし少しも物怖じしていなかった。いや、先程よりももっと必死で、ギラギラした何かが、瞳の奥で燃え立っている。

「私と関わった人は、誰一人失いたくないの」

「……え……？」

「あんな奴でも、失いたくない」

アリナの目はジェイドをまっすぐに見据えていた。

「そのためなら戦う。痛いとか、治癒光がないとか関係ない」

「……！」

「スキル発動、〈巨神の破鎚〉……！」

アリナが苦痛に顔をしかめた。しかし現れた大鎚を、しっかと握りしめる。

その姿を、ルルリはもう何も言えずに、呆然と眺めていた。

——なんで回復しなかった。

ルルリを責め続けていたかつての仲間の言葉が、ちくりと胸をさした。けど、目の前の受付嬢は、そんな言葉を蹴散らしたのだ。治癒光がないならそれでいいと、言ってのけたのだ。

「私は私のために戦う。それだけ」

なんだ、この人は。

ルルリは愕然とした。強いスキルを持った人。残業で大変な人。受付嬢なのに冒険者としても活躍できるスゴイ人——そんな安易な認識を恥じた。

アリナはどこまでも戦う気だ。きっと、どんな状況に追い込まれても、自分がどんな状態だろうとも、構わず戦い続けるのだろう。大切なものを失わないために。

「……っ」

――何をやってるんだ私は。

ぎゅ、とルルリは強く拳を握りしめた。いつの間にか、ルルリの涙は引っ込んでいた。

いつからだろう、ルルリは〈不死の祝福者(シグルス・リバイブ)〉に頼り切っていた。だから、魔神にスキルを覆(くつがえ)され、いとも簡単に自信をなくしてしまったのだ。

かつての仲間を自分の失敗で死なせ、傷つけ、それでもなお図々(ずうずう)しくルルリは回復役(ヒーラー)を続けた。悔しかったからだ。〝人殺し〟で終わりたくなんかなかったからだ。

もっと、強く、なりたかったからだ。

「っ、アリナさん！」

気づいたら、ルルリはアリナを引き留めていた。ルルリは落ちた杖(つえ)を拾い、目に残った涙を強引に腕で拭って、アリナに言った。

「ここでじっとしていてください。私がその傷、治してみせます……！」

振り向いたアリナはルルリの鬼気迫る顔を見て、一瞬ぎょっと目を開いた。迷うように一度ジェイドを向いたその顔は、しかしルルリの瞳の奥にギラギラと燃えさかる決意を見て、小さく頷(うなず)いた。

「……わかった」

ほとんど倒れるように、アリナは壁にもたれかかった。首筋にまで汗がうき、顔からは血の気が引いて、やはりやせ我慢だったのだ。ルルリは続いてジェイドに声をあげた。

「ジェイド！　もう少し私に時間をください。アリナさんを回復します」

「……了解！」

ルルリは己に与えられた〈不死の祝福者（シグルス・リバイブ）〉が嫌いだった。

かつて、仲間が瀕死（ひんし）の時に発芽せず、肝心な時にはちっとも役に立たないこのスキルが。

だからルルリは〈不死の祝福者（シグルス・リバイブ）〉について詳しく知ろうとも思っていなかった。スキルが持つ可能性――例えば、重ねた時に重複効果があるかどうかなんて、考えもしなかった。

でも、ジェイドも、ロウも、ずっとルルリを見てくれていた。アリナは治癒を諦める愚かなルルリを許してくれた。

救いたい。彼らを、今度こそ。

人間にはできることの限界がある。確かにそうだ。だけど、そんな言葉で大切な仲間の命を諦めたくない。方法がないなら新しくつくり出せばいい。ジェイドはそれをやってのけたのだから、ルルリにだってできるはずだ。

「俺のことは心配するな」

ルルリの毅然（きぜん）とした声を聞いたジェイドはどこか嬉（うれ）しそうだった。

「治癒の間、二人は俺が守り通す。ルルリは治癒光（ヒール）に集中しろ」

「はい」

超域(シグルス)スキルでも、重ねれば神域(ディア)スキルと対等になれる。〈不死の祝福者(シグルス・リバイブ)〉は付与した対象者を常に健常な状態に保ち続ける強力な治癒スキルだ。状態異常にも効果がある。もし〈不死の祝福者(シグルス・リバイブ)〉に重複効果があるなら、効果を重ねることでアリナに付与された〝確定死〟という神域(ディア)スキルの状態異常も打ち消せるはずだ。その可能性に賭けるしかない。

もしアテが外れたら、途中でルルリの力が尽きたら、失敗したら、全部終わりだ。アリナは死に、ジェイドも、ロウも、町の人たちもみんな死ぬ。

でも、やるんだ。

「スキル発動〈不死の祝福者(シグルス・リバイブ)〉！」

アリナの黒ずんだ患部に手を当て、ルルリはスキルを発動させた。超域(シグルス)スキルの赤い光が迸(ほとばし)るが、数秒と保たずにどす黒い闇に押しつぶされ、呑(の)み込(こ)まれ、弱々しく薄れていく。

「スキル発動〈不死の祝福者(シグルス・リバイブ)〉！」

しかしスキルの光が完全に消滅する前に、すかさずルルリは二度目を発動させた。再び勢いを取り戻した〈不死の祝福者(シグルス・リバイブ)〉が、負けじと魔神の神域(ディア)スキルに食らいつく。

がくん、と視界が揺れた。

まるで全身に鉛をくくりつけられたかのような、今までに味わったことのない倦怠感(けんたいかん)が襲いかかった。みるみる力が吸い取られていく。それが手に取るようにわかる。心臓の鼓動は異常なほど激しくなり、全身の毛穴から汗が噴き出した。

疲労、なんて言葉で済ませていいものではない。それは明確な異常だった。だがアリナの傷は未だ癒えない。二回重ねた〈不死の祝福者〉も消えかかろうとしている。

「ス……キル、発動……！〈不死の祝福者〉‼」

お願い。お願いだから効いてくれ。

ルルリは神に祈り、三度目のスキルを発動させた。先ほどよりもはっきりとした目眩が襲いかかった。意識が混濁し、遠のいていきそうになる。しかし硬い岩の地面に爪を立て、ルルリは必死に意識を保った。ジェイドは今までこんな苦痛に耐えてきたのか。ああ、自分なんて何もしてこなかった。大嫌いな〈不死の祝福者〉に頼り切っていた。

「……負けない……ッ」

回復役が諦めたら、全部終わりなんだ。

「スキル発動、〈不死の祝福者〉‼」

ここぞとばかり、ルルリは畳みかけた。赤い超域スキルの光がみるみるその濃度を増していく。かざした手のひらが焼けるほどに熱い。呼吸が激しくうまく息ができない。苦しい。でも諦めない。もう絶対に諦めない。傷を癒やすことができるのは、回復役だけだから。

視界の片隅で、赤い光が少しだけ闇を押し始めたように見えた。

「スキル発動、〈不死の祝福者〉‼」

これが、私の、〝仕事〟だから――！

39

地上に延びる暗い階段を、ロウはアイデンを肩にかついで上っていた。

「くそ、なんでこんなことに……！　俺は神域（ディア）スキルが欲しかっただけなのに――」

ぼそぼそと、先程からアイデンは愚痴めいたことをつぶやいている。その自分勝手な言葉に、しかしロウは怒るでも反論するでもなく、ただ黙って聞き流し、ひたすらに地上を目指していた。今ロウがすべきことは、アイデンを連れて地上に上がることだからだ。

「あいつのせいだ……全部、あの人殺しのせいで、俺の人生は狂ったんだ……！」

「はぁーもう。うっせんだけど」

しかし、魔法で凍らせた湖を渡り畔（ほとり）まで辿（たど）り着くや、ロウはため息と共にアイデンを突き放した。

「……ッ⁉」

慌てて起き上がったアイデンは顔を強（こわ）ばらせた。ロウの魔杖（ロッド）が鼻先に突きつけられたからだ。
その杖（つえ）の先、ロウの静かな瞳に射すくめられ、アイデンは言葉を飲み込んだ。

「お前さっきからぶつぶつ言ってるけどさ、全部違げぇーしバァーカ」

「……っ、何が違うッ⁉　あの人殺しのせいで俺の仲間は死んだんだ！　右手も！　目も！

あんなことさえなければ、俺は、こんな、こんな惨めな道に墜ちずに済んだ――」

アイデンの言葉の先は言えなかった。ロウが彼の口を力任せに塞いだからだ。いや、口を塞ぐなんて穏やかな動作ではない。爪がめり込み血が流れ出るほど両の頬を鷲掴みにし、ギリギリと締め付けたのだ。

「あ……あが……ッ！」

「そのうすぎたねえ口でもう一回ルルリの悪口言ってみろ。顔半分ぶち壊してやるからな」

「……！」

そこまで言われて、ようやくアイデンは気づいた。

俺は第三者だから口を出さない――一貫してそういう姿勢をとってきた男の瞳に、実は冷酷な怒りが煮えたぎっていたことを。背筋が凍りつくほどに激しい殺意を、ついに隠すことをやめたことを。

ロウの切りつけるような視線に、アイデンは本能的な恐怖を感じた。そして根拠もなく悟った。明らかに一般人のする目ではない。目の前にあるものを、人とも、命あるものとも思っていないようなその目は、歴戦の冒険者が持つような目とも違っていた。

言うなればそう、人間を殺すことになれきった、血に染まった殺人鬼の目。

「お、お前、何者、だ――⁉」

頬の痛みをも消し飛ばす恐怖に身を震わせながら、アイデンは問わずにはいられなかった。

「本当に冒険者なのか……⁉」

「お前に答えてやる義理なんかないね」

ロウはアイデンの問いを一蹴し、淡々と口を動かした。

「俺はさぁ、紳士だからさぁ、他人の昔のことに口出しなんて、野暮なことしねぇのよ。そもそもう終わった話を、どっちが悪いだ悪くないだ、どーでもいーし。でもな――」

一拍の間を置いて、ロウは静かに告げた。

「ルルリは回復役(ヒーラー)から逃げなかった。弱い自分から逃げなかったんだよ。神域(ディア)スキルだかなんだか知らねぇが、強そうなものに頼ろうとして自分の弱さから逃げたのはてめぇだろ」

「……！」

「お前をここでバラバラにしてやるのは簡単だが、それで泣くのはルルリなんだ。一生お前みたいなクズのことを引きずり続けるんだ。だから、いいか。その甘ったれた性根をたたき直せねぇなら、二度と、ルルリの前に、汚ぇ面を見せんじゃねぇよ……！」

力任せにアイデンを放り捨て、ロウはそれ以上目もくれず森の出口に向かって歩き出した。

「俺はこれからギルド本部に救援を呼んでくる。もしここまで魔神があがって来たら、そのときは力の元(にんげん)が何人いようがいまいが終わりだからな。俺はルルリと違って、お前みたいなクズに時間を割いてやるほど優しかねぇんだ」

「……っ」

「お前は逃げるなりなんなり、好きにすりゃいい。」

吐き捨てたロウの背後で、アイデンの気配はためらいつつも森の奥へ消えていく。その足音を聞いてから、ロウはギルド本部に向かって行った。

＊＊＊

真っ赤な超域《シグルス》スキルの光が炸裂《さくれつ》し、薄青の洞窟内を、一瞬深紅に染め上げた。

「！」

は、とルルリは息を呑《の》んだ。

ルルリの重ねた〈不死の祝福者《シグルス・リバイブ》〉が、魔神の与えた〈巨神の死矢《ディア・モーテ》〉を端から喰《く》らい尽くしていったのだ。同時にアリナの傷ついた内臓を癒やし、断裂した筋繊維をつなげ、破れた皮膚をつくり、痛々しい傷を覆っていく。

闇はじわじわと小さくすぼんでいき、消失した。力尽きたように、〈不死の祝福者《シグルス・リバイブ》〉の赤いスキル光もすうっと溶け消えていく。

しかしアリナの穴の開いた外套《がいとう》の向こうには、傷一つない綺麗《きれい》な地肌が再生されていた。

「や……やりました……！」

〈不死の祝福者《シグルス・リバイブ》〉には重複効果があったのだ。のぼせた脳みそでぼうっとその事実を噛《か》みしめ、ルルリは初めて自分のスキルに感謝した。はあはあと肩で荒い息を繰り返し、全身は汗でぐっしょり濡れ、体の芯は冷え切っていたが、達成感に満たされていた。

「アリナさん、治りましたよ……」

ルルリは声を弾ませ、何だか誇らしい気分で、いつの間にか気絶していたアリナの肩を揺さぶった。

「アリナさん！　アリナさん？」

しかし、何度呼びかけても、アリナの重い瞼が動くことはない。

「……え？」

まさか――間に合わなかった？

〈巨神の死矢〉によって与えられた〝確定死〟がすでに訪れたと言うのか。ルルリは目を見開いた。ひやりと、心臓が冷たく跳ねた。

「アリナさん！　起きてください！　死んじゃいやです、アリナさん――！」

叫んだ瞬間、ぐら、とルルリの視界がゆれた。天と地が逆さまになって、気づいたらアリナの腹の上に倒れていた。

「あ……」

スキルの多重使用による反動。そんな、こんな時に。ルルリはもう動かない手で、必死にアリナを起こそうとした。けど、視界は徐々に暗く闇が落ちていって――

「アリナ……さん……」

ぽすん、とルルリは気を失った。

40

ジェイドの意識は消えかかっていた。

ルルリの治癒が始まってからどれくらいの時間が過ぎたかわからない。しかしいまだアリナが立ち上がった気配はなく、必死のルルリからも、あれから言葉がない。

だがジェイドはルルリを信じていた。問題は、体がもう保たないことだ。

「ぐはッ」

幾度目かの吐血。度重なる複合スキル発動による反動は、もはや見るからにジェイドの体を攻撃していた。体のあちこちから血が噴き出し、燃え上がるように熱くなっていた体は、しかしいつの間にかおぞましいほどに冷たく芯まで凍えるようだった。何度か体験したことのある、死が間近に迫っている証(あかし)。いよいよまずい。

(あ、意識が――)

一瞬白濁する脳内。次の瞬間、まるでタイムスリップしたかのように、ふらついたジェイドの眼前に、突如矢尻が現れた。一瞬意識がとんだのだと理解する頃には、触れるだけで死をもたらす恐ろしい矢が、ジェイドの顔面を貫こうとしていた――

＊＊＊

――行かなきゃ。

ふわふわとした夢心地のなか、アリナはふとそう思った。

先程まで、何かとても大変な状況にあった気がするのだが思い出せない。それよりも、ふと昔の記憶が蘇っていた。行かなきゃいけない。でもどこに？

ああそうだ。百年祭だ。

百年祭に行きたいと、強く思い始めたのは受付嬢二年目のことだった。ちょうど百年祭特別ボーナス期間の真っ最中だ。

「ええ⁉　お嬢ちゃん、百年祭知らねえのか？」

窓口に来た話好きの冒険者が、大袈裟に驚いてみせた。

「今まさにやってる祭りだよ⁉」

「ええ。特に興味も無いですし」

「三日目だけでも行ってみろって！　めちゃくちゃ綺麗なんだぜ？」

（お前らのせいで今日も残業なんですけど……⁉）

心の中で罵倒しつつ、なんとか顔に出さないよう苦労しながら、ぎこちなく手続きを進めていく。話好きな冒険者の男は、その間もペラペラとせわしなく口を動かし続けた。

「三日目は目玉イベントに〝鎮魂儀〟ってのがあってよぉ。魔法の光がこう、ぱぁっと空に浮かぶのよ。花火なんか目じゃないほど綺麗だぜ」

「鎮魂儀？」

「おうよ。死んじまった冒険者の魂を弔うのさ」

「お祭りなのにずいぶん辛気くさいことをやるんですね」

「辛気臭くならねぇようにお祭りでわいわい弔うのさ。まあ綺麗だからよ。イフールの名物よ」

「はあ」

人の魂で名物って……冒険者って何を考えているのだろう。本当に馬鹿だ。

(死んだら死んだ、それだけなのに)

思い出すのは、アリナが小さい頃にダンジョンで亡くなった一人の冒険者だった。アリナは彼が——シュラウドが大好きで、冒険者のことも大好きだった。いつか冒険者になり、シュラウドと一緒にダンジョン攻略に乗り出す夢を、思い描いていた。

だが現実はあまりに非情だった。

シュラウドはダンジョンの中で魔物に襲われ、あまりにあっさり、アリナの前からいなくなってしまったのだ。

冒険者などという不安定で危険に満ちた職業を選んだ末路がどうなるか、夢にうつつを抜かし油断していたらどうなるか。この世界が、一体どれだけの残酷で満ちているのか——それはまだ幼かったアリナの心に、永遠に拭えない寂しさとともに刻みつけられた。

「そんなことしたって、死んだ人は喜ばないと思います」

気づいたら、そんなことを言っていた。

そもそも弔うべき魂なんてとっくに自力で天に旅立っている。遺された人間がわいわい弔おうと涙を流そうと、現実は何も変わらない。彼らは帰ってきたりしない。

死者だって、自分が死んだ事実を体よくイベントに使われて、客寄せにされるなんて、たまったもんじゃないだろう。アリナだったら確実に怒っている。

「……」

突き放したような言葉に、一瞬ぎょっとして目を瞬いた冒険者は、しかし淡々と受注手続きを進めるアリナを見て、にやりと笑った。

「そりゃあそうよ。ああいうのはさ、生き残った俺たちが納得するためにやるもんさ」

「……なるほど」

ますますくだらない。こんな無駄話に付き合っている時間がもったいない。さっさと終わらせてたまった仕事を片付けたい。

「素敵なお話、ありがとうございます。次の方がお待ちなので……」

「おお悪ぃな！」

マニュアル通りの言葉で長居する冒険者を追い払い、アリナはまた殺到する冒険者との戦いに戻った。

「――……疲れた……」

終業後。深夜の誰も居ない事務所で、アリナは机に突っ伏していた。

祭りの賑(にぎ)わいがわずかに聞こえてくる。外では百年祭の三日目が盛大に行われ、昼間のような明るさが窓の向こうでちらついていた。

片付けなければならい書類は山のように残っているが、もう残業をやる気力などなく、疲れ果てていた。慣れない窓口業務。おしゃべりな冒険者たちの相手。ミスをしてはいけないというプレッシャー。昼間だけであらゆる力を使い果たしていたのだ。

「……鎮魂儀か」

なんとなく、百年祭のチラシを眺めていた。

昼間の冒険者が言っていた鎮魂儀とは、どうやら百年祭の三日目の晩を飾る目玉イベントらしい。先人の技術を使って作られた特別な瓶のなかに魔法の光球を閉じ込め、特設広場に集めておくと、深夜零時に瓶が解け消えて魔法光が一斉に空へと昇る――というものだ。

チラリと時計を見るとちょうど零時を迎えるところだった。

ちょっとした興味本位だった。残業に疲れていたというのもある。アリナは吸い寄せられるように窓に向かい、カーテンを開けて、疲れた顔でぼうっと空を見て――

「……」

「――！」

瞬間。息を呑んだ。

幾百という光がちょうど、ふわりと舞い上がるところだった。想像を遥かに超える数の光球が解き放たれ、ゆっくりと四方に広がりながら天に昇っていく。いくつも、いくつも、建物の隙間から現れる。時が進むほど光球が夜空を埋め尽くし、やがては光の天井となって、ゆらゆらと闇を泳いだ。

――そりゃあそうよ。ああいうのはさ、生き残った俺たちが納得するためにやるもんさ――

そんなものは無意味だと、頭ではわかっていても。愚かで、一方的な、無意味な行為だと脳みそが断定しても。根拠もわからないまま心が震えた。それは呼吸を忘れるほど美しかった。

シュラウドの魂も乗せたい。そう思った。

たとえそれが、一方的で、愚かで、自分勝手な行為だとしても。

弔いたい。彼の魂を。誰でもなく私のために。

納得したい。彼がいなくなった、この寂しい現実を――

――行かなきゃ。

アリナはふと思い出す。

そうだ、行かなきゃ。大切な人をもう二度と失わないために。

魔神との戦いはまだ終わっていないのだから。

41

ジェイドの顔面を貫こうと迫っていた矢はしかし、べぎ！ と音を立ててあらぬ方向に吹き飛んでいった。寸前で割り込んだ何かが、矢を弾き飛ばしたのだ。

はっとジェイドが顔を上げると、見知った少女の横顔があった。

「……アリナさん……」

そう言えたかどうかもわからない。口の中が血でいっぱいで、ごぼごぼと妙な音を発しただけかも知れない。だが――口元は綻んでいた。ルルリがやってくれた。宣言通り、治癒してみせたのだ。

アリナはいつものように顔をしかめてジェイドを見ていた。

「なんでいつもいつも、ちょっと目を離すと死にかけてるわけ……」

「傷だらけの男ってかっこいいだろ……」

「全然」

「なあ、アリナさん――」

気が抜けた瞬間、ふらっと体が傾いた。ダメだ、肝心なのはここからなのに。もう体のどこからも力が湧いてこない。

「盾役(タンク)が、本当はこんなこと言っちゃダメなんだけど……」

最後の力で、ジェイドは右の手のひらを掲げた。

「後、任せていいか」

「うん。おつかれ」

短い答えと一緒に、アリナの手がジェイドの右手を打つ。小さくて、柔らかな、感触だけはあまりに華奢(きゃしゃ)なその存在にまた頼らないといけない悔しさがずきりと胸を穿(うが)つ。

「……任せた――」

それを最後に、ジェイドの意識はぷつりと途絶えた。

42

ふらりと傾いたジェイドの体は、アリナの横を通り過ぎ、べしゃ、と音をたてて倒れ込んだ。

「……」

以来、ぴくりとも動く気配がない。この消耗具合は、おそらく三度目の複合スキルを発動したのだろう。でなければ、アリナが回復する時間など、魔神が与えてくれるはずがない。

アリナが目を覚ました時、ルルリが横で倒れていた。おそらく限界まで力を使ってアリナを治癒してくれたはずだ。

「なんで……生きてんの？」

雰囲気が一変し、どす黒い怒気を放つヴィエナが、アリナを見て歯をむき出した。その横で、フィエナが感情のない瞳を静かに向けている。

「あたしの矢で死んだよね？」

「死んでないから生きてる」

答えになっていない答えを言うと、ますますヴィエナは苛ついたように舌打ちした。しかし正直アリナも、ルルリがどのようにあの傷を癒やしたかわからないのだ。答えようがない。

それより、とアリナは静かに告げる。

「やりましょうか、続き」

「……なに偉そうに言ってんの？　あたしより弱いくせに」

「偉かろうが弱かろうがやるのよ」

きっぱりと言い切り、アリナは手をかざす。音もなく展開した白い魔法陣とともに、生まれ出た銀の大鎚を握りしめた。

「私はさっさと終わらせて、再開してる百年祭に行きたい。あんたは地上に出て殺戮したい。

だから、願いが叶（かな）うのはどちらか片方――」

き、とヴィエナを睨（にら）みつけ、言った。

「――生き残った方だけよ」

43

「ああうるさい……うるさいうるさい……！　たかが贄（エサ）が、生き残るわけねえだろ！」

激しい口調でなじり、ヴィエナがフィエナを呼んだ。

またあの〝ヴィルフィナ〟になる気か。はっと気づいたアリナは、呼ばれて走るフィエナに迫った。「させるか……！」合流を阻止しようと大鎚（ウォーハンマー）を振り上げ――

やめた。

ぴたりと足を止めたアリナの前で、ヴィエナがフィエナの核をもぎとり、口に放り込む。

「あはははは！　ようやくわかったの？　雑魚（ざこ）がなにしようが、意味ないんだよッ！」

口を大きくあけてアリナを嘲笑しながら、ヴィエナの体が変形していく。その影がぬらりと巨大な化け物になっていく様をアリナはじっと見ていた。

「私はヴィルフィナ――」

やがて現れた巨大な女は、大弓に矢をつがえ、虚（うつ）ろな視線を放り投げて、しかし手元だけはしっかりと、アリナに狙いを定めて矢を向ける。

「……」

ぱしゃ、と水たまりを蹴散らし、アリナはヴィルフィナの前に立ちはだかった。

無論、諦めたのではない。ジェイドがいない今、厄介な再生能力を持つ双子の魔神の方がお手上げで、この出来損ないの人形みたいな〝ヴィルフィナ〟を攻略する方がまだ勝機があると踏んだからだ。

まあ問題は、どうやってこのヴィルフィナを倒すかだが。

「死ね――」

ぎゅん！　とアリナめがけて矢が放たれる。もはや視認の域を超えた一撃に、アリナはヴィルフィナの手の動きだけで発射タイミングを見切り、横に躱す。放たれてから動いたのでは間に合わない。攻撃を防ごうとしても貫かれる。

ごうん！　と矢の突き立った水溜まりが、そのあまりの衝撃に水飛沫をあげて爆散した。一本の矢が繰り出すような攻撃力ではない。あれを受けてよく生きていたものだとアリナは改めてゾッとした。

「私はヴィルフィナ……死ね……」

再び放たれた矢を同じ要領で避ける。回避ばかりが続き、反撃に移れない。あの速度の矢は、うかつに距離を詰めれば死に近づくからだ。

（でも、このままじゃ勝てない……！）

きゅ、と岩肌の地面を蹴りあげ、アリナはヴィルフィナに向かった。守っていた一定の距離がみるみる縮まっていく。

ヴィルフィナは見るからに複雑な思考のできない、異常な怪力だけを持った魔神だ。あれに勝つのは単純で、彼女を上回る力さえあればいい。

アリナには、ヴィルフィナの力を凌駕する方法に、一つだけ心当たりがあった。

次々襲いかかる矢を避け、アリナは瞬く間にヴィルフィナに接近していく。そこはもう、死の領域だ。ほんの一瞬でも集中を切らせば、ヴィルフィナの動作を見逃せば一瞬で死ぬ。

「私はヴィルフィナ……死ね」

ぎゃん！　とヴィルフィナの矢が放たれた。

ふっと息を吐き、アリナはありったけの力を込め、真正面から、その死の矢を大鎚で殴りつけた。ばぢん！　と凄まじい音が、洞窟内を震わせる。

――なぜ、アリナの力は魔神シルハに勝てたのか。

魔神シルハとの戦いでアリナが彼の力に勝った理由はわからない。しかし、あの時確かに、何かの力が働いた。拮抗していたはずの力は、終盤になってアリナの方が上回ったのだ。

上位格の力に下位の力は敵わない。それが謎だらけのスキルにおいて唯一はっきりと分かっている事実である。

だから、同位格たる神域(ディア)スキル同士の力が拮抗(きっこう)するのは頷(うなず)ける。逆を言えばそれ以上のこともそれ以下のことも起こらず、どこまで行ってもその力は拮抗(きっこう)するべきなのである。

では何故(なぜ)、アリナの力は魔神シルハの神域(ディア)スキルを破ったのか——考えつくのは、アリナのスキルが、神域スキルより上位格の力であるという可能性だけだ。

例えばアリナの持つ〈巨神の破鎚(ディア・ブレイク)〉が、何らかの条件によって神域(ディア)スキルを超えるものに〝変異〟するのだとしたら——

ぎぎぎぎぃ！　と不快な音を立てて大鎚(ウオーハンマー)にめり込む。だが、アリナは力を込め続けた。大鎚(ウオーハンマー)をえぐり取り、死の矢はアリナの肩口をかすめてとんでいく。同時に欠損した銀の大鎚(ウオーハンマー)も、白く弾(はじ)け、霧散して消えた。

「ぐぅ……っ！」

風圧で吹き飛ばされ、アリナは洞窟の硬い底を転がった。かすめただけで先程の激痛が蘇(よみがえ)る。全身からぶわっと汗が噴き出す。だが、この戦いに負けたらどうせ死ぬのだから、もうそんな痛みには構っていられなかった。

「……こちとらねえ、あれっほど楽しみにしてた百年祭を邪魔されて、はらわた煮えくり返ってるのよ……！」

ぼそりとつぶやき、アリナは歯を食いしばって目の前のヴィルフィナを睨(にら)みつけた。

「毎度毎度私のささやかな平穏を邪魔しやがって、タダで済むとでも思ってるわけ……⁉」

アリナは手を突き出し、叩(たた)きつけるように叫んだ。

「スキル発動《巨神の破鎚(ディア・ブレイク)》！」

アリナのスキルの〝変異〟の条件はわからない。だから、アリナができることといえばただ一つ。〝変異〟が起きるまで、戦い続けることだ。

「死……」

機械のように同じことばかり繰り返していたヴィルフィナの口が、ぴたりと止まった。矢をつがえようとした手も止まり、アリナを見たまま石像のように動かなくなる。

アリナの手元に現れたのは、いつもの銀の大鎚(ウォーハンマー)ではなかったからだ。

それはまばゆいほどに輝く、金の粒子を纏(まと)った黄金の大鎚(ウォーハンマー)である。

「死……死……」

まるで何かに怯(おび)えたように、ヴィルフィナは身動き一つとらなくなる。代わりに虚(うつ)ろだった瞳が初めてアリナを向いた。その双眸(そうぼう)の奥に、はっきりとした恐怖を映して。

「死……！」

ヴィルフィナがそれまでとは異なるおかしな行動に出た。矢の狙いをアリナから外したのだ。

「！」

その矢尻が向いたのは――倒れているルルリだった。

「死ね……」

ヴィルフィナが弓を引く。は、として、アリナは地を蹴り上げるが、放たれたら終わりだ。あの凶暴な矢の速度には追いつかない。

「く……」

焦(あせ)り、慌て、がむしゃらにルルリへ駆けた。でもダメだ、間に合わない――

その時、ふいにアリナは、何の根拠もない確信が胸によぎって彼の名を呼んだ。

「ジェイド！」

瞬間。

アリナに応えるように空を斬って飛んできた大きな盾が、ヴィルフィナの腕に直撃し、わずかに矢の軌道をずらした。ほぼ同時、殺人的な風切音(かざきりおん)と共に放たれた矢は、ルルリの数歩先を破壊するだけだった。

それを確認する間もなく、アリナは方向をヴィルフィナに変えていた。その間も、ヴィルフィナは標的を次に変えて弓を引き絞る。――半身を起き上がらせたジェイドだ。

「好き勝手やってんじゃないわよ……！」

アリナは低く唸(うな)り、地を蹴り上げた。金の粒子をふりまきながら、大鎚(ウォーハンマー)を振り上げる。

「お前の、相手は……ッ！」

放たれる矢の、その真正面に回り込む。ぎゅん！　と矢が発射されるのと、アリナが大鎚(ウォーハンマー)を振るうのは、全く同時だった。殺人的なヴィルフィナの矢と、アリナの大鎚(ウォーハンマー)が、真正面から激突する――

「私だッ‼‼」

鈍い、音がした。

押し勝ったのは、アリナの大鎚(ウォーハンマー)だった。渾身(こんしん)の一撃が銀矢を叩(たた)き砕いていた。金の大鎚(ウォーハンマー)の勢いはなお止まらず、ヴィルフィナの首元に埋め込まれた、黒々とした魔神核に確かに届いた。

「あれだけ楽しみにして、残業も頑張って、頑張って……ようやく参加できた百年祭を蹴ってまで……私がここに来た理由がわかる……⁉」

めき、めき！　とアリナの大鎚(ウォーハンマー)が魔神核に無数の小さなヒビを入れ、破壊していく。アリナは食いしばった歯の隙間から、悔しさとも怒りとも言えぬ感情を絞り出し、目をかっ開いてありったけの力を込めた。

「私から大事なものを奪うことは……魔神だろうが、神様だろうが、絶対に許さない……‼」

大鎚(ウォーハンマー)がめり込むたび、ヴィルフィナの苦悶(くもん)に呻(うめ)く悲鳴が洞窟にこだまし、震え、水が落ち――

「いい加減、お前が死ねええええええ――――――ッッ‼‼」

ぱきん、と魔神核に決定的な亀裂が入った瞬間。

「……ぁ……あぁ……」

ヴィルフィナの力のない声とともに、その姿は霧散し、消えていった。

44

アリナはヴィルフィナの姿がなくなるのを見届けて、倒れたルルリの容態を確認した。

ルルリは気絶しているだけのようだ。アリナの肩に受けたヴィルフィナの矢の傷も、術者を倒したことで綺麗に消えていた。安堵にふうと息ついてから——改めて周囲を見回してみる。

薄青に光る神秘的な洞窟、壁の光を反射してきらめく青色の水溜まり、そしてあちこちに血をぶちまけた、死屍累々。

どっと疲労も押し寄せてきた。アリナは気絶したルルリを背負い、転がった魔杖を持って、最後に奴の元へ向かう。

「……で、例によってやっぱり生きてるワケね」

見下ろした先、伸びきっているジェイドに呆れ声を向けた。

「……でも手にも足にも力が入らねえ……盾投げられたのは奇跡だ」

返ってきた弱々しい声に、アリナはびっと親指を立てた。

「ナイス盾」

「アリナさん、よく俺がまだ動けるって分かったな」

「そんな気がしただけ。だいたいね、ゴキブリみたいな生命力を持った奴が、〝あとは頼んだ〟

みたいなキレイな言葉残してリタイアするわけがないのよ」

「……」

なんだか物言いたそうな視線は無視しておく。ルルリを下ろしてから倒れるように座り込んだアリナは、全身にのしかかる疲労に身を任せ、ぼうっと虚空に視線を投げた。数秒の沈黙の後、勝利の余韻も消し飛ぶような暗いため息と共に、アリナはぼそりとつぶやいた。

「……結局……百年祭……ちょっとしか楽しめなかった……」

さすがに疲労で体が重く、とてもじゃないが今から祭りに行く体力は残っていなかった。全日程を楽しむと決めた百年祭だが――一日目は、断念せざるをえないだろう。

「……すまん……」

なぜかジェイドが気まずそうに項垂れる。

「魔神だってさ、何も百年祭のさなかに復活しなくてもいいじゃん……！」

悔しさにアリナは声を震わせた。今年の百年祭は全日程楽しむのだ――そう決めて、もうずっと前から準備し、戦ってきた。だというのに、初日で祭りが襲撃されるというこの仕打ち。魔神復活までオマケについて、何なのだこれは。何かの天罰なのか。

「どいつもこいつも私の邪魔ばっかりしてきて、何なのよ……何なのよ――ッッ!!」

慟哭とともに、アリナは泣き崩れるのだった。

45

「……ほんとにやってるわ」

一週間前の襲撃など夢か何かですとでも言わんばかり、当然のように祭りで賑わうイフールの大通りを見て、アリナは半ば呆れにも似た声でつぶやいていた。

すでに魔神を倒してから一週間が経っていた。襲撃を受け、混乱のなか強引に続けられた百年祭だったが、二日目以降の開催には慎重な話し合いがなされたようだ。結局百年祭は一度中止とし、日を改めた一週間後に、規模を縮小して一日だけ再開することが決まった。

まあ完全中止よりありがたい。そんなことを思いながらアリナは百年祭に繰り出していた。

襲撃があったにもかかわらず、相変わらず表通りは馬鹿騒ぎをしている冒険者たちで賑わっている。アリナは初日で回りきれなかった露店を巡りつつ、片手に塩焼きの魚の串を持って、次の標的を探していた――その時だ。

ふと、周囲の景色がぴたりと止まっていることに気づいた。

（これは――）

酒を呷る冒険者も、威勢のいいかけ声を出す露店の男も、イチャついているカップルも、みな時が止まったかのように停止している。いや、〝時が止まったかのように〟ではない。

「よう、嬢ちゃん」

予想通り、実際に時が停止した景色のなか、現れたのはギルドマスター、グレンだった。グレンのスキル〈時の観測者（シグルス・クロノス）〉によるものだ。

周囲の時を止め、〝観測〟することが可能な超域（シグルス）スキル。彼が現役冒険者だった頃は無敵のスキルと謳（うた）われ、彼を名実ともに最強の冒険者と押し上げた稀少（きしょう）なスキルである。しかし超域（シグルス）スキルより上位格の神域（ディア）スキルを持つアリナには彼のスキルは無効となる。今この場で動けるのは、アリナとグレンだけだった。

「今回も世話になっちまったな。ちょっと礼を言いに」

「そんなことでわざわざ時止めなくてもいいんじゃないですか」

「こっちの方がいろいろ面倒がなくていいだろう」

「まあ、確かに……」

所詮ギルドの末端職員にすぎない一受付嬢のアリナが、堂々ギルドマスターと話しているところなど見られたら厄介である。タダでさえジェイドと祭りにいるところを目撃されてしまっているのだ。

「ジェイド・スクレイドにもそういう気遣いしろって言っといてください。どこでも構わず声かけてくるんだから……」

「はっは、あいつのは何言っても無駄だ。絶対わざとだからな」

やはりか。あとでシめておかねば……。

「今回は――いや今回も、か。かなりの強敵だったそうだな……ジェイドもルルリもあれから数日は寝たきりでな。ロウが救援を呼んでくれていたおかげで、永久の森から速やかに治癒室まで運べたのがせめてもの救いだ」

ぽん、とアリナの肩に手を置き、グレンはその浅黒く焼けた厳(いか)つい顔に優しげな気配を宿して、笑った。

「何より、みんな生きて帰って来れたのは嬢ちゃんのおかげだ。感謝する」

「今回勝てたのは、私だけのおかげじゃないんですけど……ていうか、それより！」

ぎろり、とアリナは目を吊(つ)り上(あ)げて、頭二つ分くらいは上にあるグレンの顔を睨(にら)み上げた。

「イフール・カウンターの受付嬢を増やして残業なくしてくれるっていうあの約束、どうなったんですか⁉」

「え？　ま、まあちょっと待ってくれ。いろいろあるんだこっちにも」

「絶対守ってくださいよ……！」

歯をむき出して低く唸(うな)るアリナに、グレンはたじろいだように数歩身を引き、冷や汗を垂らしながら早口に言う。

「ま、まあ今回は魔神討伐の礼を言いに来ただけでな……あ、そろそろ次の予定の時間だから行かないと」

「絶対、絶対ですよ……！」

「わ、わかったわかった。それじゃ百年祭楽しんでくれ、嬢ちゃん」

慌ててその場を去ろうとするグレンは、しかしふいにぴたりと足を止めアリナを振り向いた。

「……そうだ嬢ちゃん、次もよろしく頼むよ」

「はあ⁉ 縁起でもないこと言うのやめてください。次なんてないです」

「はは、そりゃそうか」

とぼけたように笑いながら、グレンの大きな背中が停止した人々の合間に消えていく。やがてその姿が見えなくなると、音もなく時が動き出したのだった。

46

「む。そろそろ目玉イベントの時間ね」

夜も更け、そろそろ百年祭の終わりの時間が近づいていた。

日程を縮小して再開された百年祭は、二日目のプログラムをそっくりとばし、三日目の内容だけが行われることとなったのだ。おそらくは、多くの冒険者から声が上がったためだろう。

毎年恒例、三日目に開催される目玉イベント――鎮魂儀だけは、やりたいと。

百年祭はこの鎮魂儀とともに幕引きとなる。結局、全ての露店は回りきれなかった悲しみと消化不良を胸に抱きつつ、アリナは葡萄酒の入った大杯を空にすると、いそいそと大広場に向かった。

（まあ、百年祭全日程を楽しむって目標は達成できなかったけど、一番行きたかった鎮魂儀がなくならないのはよかっ――）

「アリナさん！」

ほっと胸をなで下ろすアリナの背中に、いい加減聞き慣れすぎた男の声が飛んできた。

「……」

たちまち顔が険しくなる。肩越しに振り返ると、ジェイド・スクレイドが手を振りながら駆け寄ってくるところだった。文字通り血まみれだった男がわずか一週間で元気に走れるようになっているのも、今では慣れっこだ。ジェイドはアリナの元に駆け寄るやにこにこしながら暴論を振りかざしてきた。

「一日デート、まだ半分くらいだったろ？　あと半分残ってると思ってな」

「残るか！　一日は一日、あれは終わったの！」

強めのため息をついたアリナは、ふと冷静になって、ジェイドから視線をそらした。

「……まあいいや。ちょっと付き合って」

「え？」

自分から突撃してきたくせに、ジェイドは面食らったようにきっちり二回、目を瞬いた。

「え？　い、いいのかアリナさん……？」

「うん」

アリナはジェイドを連れて、大広場に向かった。夜闇のなか、煌々（こうこう）と光に包まれる大広場に着くと、入り口付近の露店で小ぶりの瓶を一つ買った。

金具の細い持ち手がついた、低くずんぐりしたシルエットのこれはただの瓶ではない。遺物（レリック）の技術を応用してつくられた光閉瓶（ライト・ボトル）だ。作成してから一定時間を経過すると内容物を残して跡形もなく消えるもので、こんなものが何に使われるかというと百年祭のこの日くらいにしか使われない。いや、間違いなく、この日のために開発されたものだ。

「これって……」

何か言いかけたジェイドは、しかしそれ以上何も言わずにアリナの横を歩いた。

百年祭三日目に行われる鎮魂儀。

殉職した冒険者の魂を弔うため、魔法の光を魂に見立てて光閉瓶（ライト・ボトル）に灯（とも）し、特設舞台に集める——ただそれだけの、イベントである。

中央広場には、すでに幾百もの光閉瓶（ライト・ボトル）が集められ、ぼんやりと光の集合体ができていた。

三日目のためにつくられた特設舞台も、それまで覆（おお）い被（かぶ）さっていた布がとれている。大広場の噴水を木の幹に見立て、そこから光閉瓶（ライト・ボトル）をおける足場が木の枝葉のように伸びているのだ。

遠くから見ると、まるで光でつくられた大樹のようである。

噴水の水も光閉瓶によってきらめいて、おかげで幻想的な空間を作り出している。

しかしその周囲は、そんな美しい景色をぶち壊さんとばかり、地べたに座った冒険者たちが酒を飲み、大騒ぎし、カップルがイチャイチャしているのだった。死んだ冒険者を想って涙を流す者など一人もいなかった。だがそれは、彼らが決して不義理だからというわけではない。鎮魂儀には涙を見せない——それが長くから続く暗黙のルールだった。天に旅立つ魂が、さびしくならないように。残った魂が、いつまでも悲しみに囚われないように。


「ジェイド、魔法使えるよね」

むす、とアリナは空の光閉瓶をジェイドに押しつけた。

「光つけてほしい。私魔法は勉強してないからできないの」

「……俺でいいのか？」

「うん」

ジェイドが光閉瓶の中に光を灯し、アリナはそれを特設舞台の端に置いた。酒を買い、煌々と輝く特設舞台を遠巻きに眺めながら広場の石畳に腰を下ろした。

「小さい頃に知り合いの冒険者が一人亡くなったの」

「……そうか」

「その冒険者……シュラウドって言うんだけどね。結構仲良かったから」

「……」

奇妙な間のあと、「そうか」とつぶやき、ジェイドは深く聞いてこようとはしなかった。アリナもそれ以上話すつもりもなかった。ただしばらく二人でじっと、酒を片手に無数の光閉瓶（ライト・ボトル）が作り出す光の景色を眺めて――

「……ジェイドはさ、死なないでよね」

ぽろっと、無意識に口から滑り出ていた。数秒の沈黙の後、アリナは自分が何を口走っていたか気がついて、なぜだか分からないがカッと顔が熱くなった。

「い⁉　いやまあ！　ゴキブリ並にしぶといから殺そうと思っても死なないだろうけど！　ていうかあんたが死ぬも生きるも私には関係ないし！　今のナシ！　今のナシ！」

腕でバツを作って慌てるアリナに、ジェイドの朗らかな笑みが返ってきた。

「大丈夫だアリナさん、俺はアリナさんの大鎚（ウオーハンマー）以外で死ぬ気はない」

「だからナシだってば……！」

誤魔化すように、アリナは大の字になって石畳に寝転がった。

「っていうか結局、今年も百年祭楽しめなかったんだけど――ツッ‼‼」

起き上がるやぐびぐびぷはーっと大杯（ジョツキ）の酒を飲み干して、膝に顔を埋め、うじうじと背中を丸めた。

「結局一日目にジェイドと祭り回っただけ……これじゃただのデートじゃない……他にも美味（おい）しそうなものたくさんあったのに、目ぇつけてたのたくさんあったのに、三日かけて全部食べ歩いて制覇してやろうと思ったのに……！　うっ……うっ……うわああああぁぁぁっ!!」

「お、落ち着けアリナさん」

「──あれぇ、もしかしてイフール・カウンターのアリナちゃんじゃねぇのー!?」

アリナが大声で泣き叫んでいるところへ、ガヤガヤ割り込む声があった。

数人の冒険者の男たちが、すでに酒の匂いを放ちながら片手に酒の大杯（ジョツキ）を持ってアリナを取り囲んだのだ。

来たなくだらねぇナンパ野郎──ジェイドがぼそりと言って、男たちを睨（にら）みつけた。

「おいお前ら、ナンパなら他をあたれ。アリナさんは今俺とデートしてるんだよ」

「うそぉ、白銀の旦那!?　なんだよなんだよ、ジェイドさんとイイナカってか？　アリナちゃんも結局カオかよぉ〜！」

「いえ違います」

それまで子供のように泣き暴れていたアリナは、すんっと一瞬で仕事モードの顔に戻る。

「断れない無理な交換条件をふっかけられてデートさせられてるだけです。これは新しいタイプの援助交際です」

「ちょ、アリナさんそれ俺の地位失墜しかねないんですが……」

「──この娘さ、めちゃくちゃ仕事できるのよ！」

ふと冒険者たちからそんな言葉があがって、空気がかわった。

「え？」

きょとん、と目を瞬くアリナの前で、その一言を皮切りに冒険者たちが次々大きく頷き、でかい声で喋り始める。

「何言ってんだ、そりゃあそうよ！　なにしろいつも他の受付嬢の二倍の速さで受注捌いてるもんなあ」

「まあその代わり、受注と関係ない無駄話なんて一秒でもしようもんなら視線で射殺されるんだけどな！　がはは！　でも仕事は速い」

「いつも笑顔なのになぜか怖いしなあ！　でもアリナちゃんとこ並んじゃうんだよな。くせになるっていうか、手際よくぱっぱとやっちまうから見てて気持ちいいし」

「イフール・カウンターってめちゃくちゃ待たされるから、前はあんまり行く気はなかったんだけど、アリナちゃんが来てからは行くようになったなあ」

「急いでる時は本当にありがてえんだよなあ」

「俺なんてアリナちゃんが入所した時から見てるんだぞ。あの頃は必死の形相で仕事してたのに、いつの間にかデキる受付嬢の顔になっちまってよぉ。おじさんうれしいやら悲しいやら」

次々と冒険者たちの口から予想だにしなかった評価がこぼれてくる。

「……え……？」

その様を、アリナは呆然と口を半開きにして眺めていた。言葉を失った。その横で、ジェイドがなぜか自分のことのように満足そうに笑っている。

「だってさアリナさん。よかったな」

「よ、よかったなって……っ」

なぜか顔がかっと赤くなり、アリナは思わず背けた。

そんなこと、思われていただなんて——感謝されていただなんて、考えたこともなかった。

だってそれが仕事だ。当然のことをやっていただけだ。

給与のため、安定した生活のため、定時帰りのため。全ては己の理想の平穏を築くためだけに、仕事をしていた。冒険者のためを思って何かをしたことなんて、一つもない。なのに——

「アリナちゃんはよう、どんなに混んでても絶対突っぱねたりしねぇのよ。おっかねえ顔しながら列の最後まで面倒見てくれて、絶対受注してくれるのよ。他のとこなんて今日は忙しいから他行ってくれなんて当然のように言われちまうのにな……」

酔っ払った勢いとはいえ、そんなことを言われて、アリナの胸はなぜか熱くなった。何か正体のわからない感情で心がいっぱいになって。温かく満たした。

そうそれは熱いほどに。

焼け切れるほどに熱い……

ああこれは……

——怒りである。

「……なるほど……つまり……あんたらがせっせと私の窓口に並んでくれて、せっせと残業を作ってくれてたってこと……？」

低く低くつぶやいたアリナの声に、ぎょっとして慌て出したのは隣で満足そうに頷いていたジェイドだ。

「ちょっっっっっと待ったアリナさん。今いい話だったはず……」

「美談なんぞいらないのよ！　私がほしいのは定時帰りだけなの!!」

「えぇ……」

「私の仕事増やしやがって……！　歯ァ食いしばれやクソ冒険者共————ッッ!!!!」

叫ぶや、アリナは空の大杯を地面に叩きつけて拳を握りしめ、鼻息も荒く冒険者に殴りかかった。「待った待ったアリナさん!!」ジェイドが慌ててアリナを羽交い締めにして押さえ込む。

酔っ払っていてスキルを発動させるところまで思考が回っていなかったのは、冒険者にとってもアリナにとっても偶然の命拾いだった。

「ちょ、まっ、アリナさん落ち着け！　鎮まれ！　早まるな！」

「るっっっさいわお前ら私の窓口に狙って並ぶんじゃないのよ！　私の窓口が混んでる時はすみやかに自主的に他の窓口に行け！　こちとらいつ何時だって定時で帰りたいんだよ!!　残業

増やしてんじゃねえええええ！！！」

「おっ威勢がいいねえアリナちゃん！　おじさんと腕相撲するか？」

罵倒されてむしろ嬉しそうに肩を回す冒険者の顔面に、アリナの拳が一発ぶち込まれた。たちまち酔っ払い共から歓声があがり、「いいぞアリナちゃん！　もっとやれ！」と煽られる。上機嫌な冒険者に囲まれて、アリナは食いしばった歯の隙間から低い恨みの声を漏らした。

「残業の……残業のせいで……！　ずっと楽しみにしてたこの百年祭に来るのだって、散々苦労したんだからね……！　それなのに半分も楽しめなくて……っ！　なんなの私、何か取り憑いてるの⁉　前世なにやらかしたの――っ⁉」

後半はもう半分涙声で、肩をふるわせ、目を潤ませていた。それだけ、今年の百年祭を楽しみにし、相応の努力をし、あらゆる手を尽くしてきたのである。昼寝をしていたって毎年百年祭を楽しめる奴らとは、思いの強さが違うのである。

「アリナさん気持ちはわかるぞ、来年楽しもう、来年。なっ――おいお前ら、アリナさん今情緒不安定だからあっち行けあっち」

「よぉーしお前ら！　お邪魔虫は退散だ！」

ジェイドに追い払われ、冒険者たちは「退散だー！　退散だー！」と謎に景気よく叫びながら、また夜の祭りに繰り出していった。

「あー！　ジェイド、こんなところにいたのです」

涙と鼻水で顔をぐじょぐじょにしながら、ぐすぐすとアリナが膝をかかえていると、入れ替わるように近寄ってくる人影があった。

「俺たちにだけ買い出しさせて自分はアリナさんとデートするってのはちょっとないんじゃないのーリーダー」

ルルリとロウだ。どうやらジェイドを探して歩き回っていたようで、両腕に重そうな紙袋を抱えたロウはややげっそりした顔をしている。対して隣のルルリは、ここ最近のどこか落ち込んでいたような影も消え、吹っ切れたような明るい表情をしていた。

「う、見つかった」

慌てるジェイドの横にアリナの姿を認めて、ルルリがにぱっと笑いかけた。

「ちょうどよかったアリナさん、これからお祭りの続きやりましょう！」

「……へ？」

言われた意味が全くわからず、それまでの涙も引っ込んできょとんと目を瞬(しばたた)いた。そんなアリナを見て、ロウがにやにやと口角を吊(つ)り上(あ)げる。

「祭りが終わっちまう前に、店に残ってるもの片っ端から買い占めてきたんだ。残り物で偏っちゃぁいるが、祭り気分をもう少し長く楽しめるっしょ」

「宿舎に戻ってぱーっと二次会なのです！」

「に……二次会……？」

「行こうぜアリナさん」

　ぽかんとするアリナを立たせたのはジェイドだ。

「みんなと話してたんだ。今回も無事、魔神を倒して全員生きて帰れたってことで……打ち上げしようってな！」

　その時。被せるように、楽器隊の盛大なラッパが鳴り響いた。

　祭りの終わりと、鎮魂儀の始まりである零時を告げたのだ。

　騒いでいた冒険者たちもラッパの音にはっと手を止め、みな一斉に広場の中央、特設舞台に目をやった。そしてほんの一瞬の静寂の後――

　光閉瓶が次々解け消え、中の光球が解き放たれた。

「お！　上がったぞアリナさん」

　一斉にふわりと天に昇り始めた光を見て、待ちかねたその光景に周囲から歓声が上がった。

「ん、歓声……!?」

　死者の魂を弔う鎮魂儀というからもっと厳かな空気を想像していたアリナは、酒場で騒いでいる酔っ払いと大差ないその歓声に、思わずぎょっとした。慌てて周囲を見回すと、異常な光景が広がっていた。

　もはや騒ぐ理由があればそれでいいとばかり大声で歌う者も居れば、酔っ払って全裸になる男、光閉瓶が消えたことも気づかず酒を呷っている者、指笛を鳴らす者、喧嘩して殴り合っている者と、ずいぶん野蛮で騒々しかった。次々空に立ち上っていく美しい光たちの根元でお前らは何をやっているんだと怒りたくなるほど、幻想的な雰囲気など微塵もないのである。

「え、えぇ……？」

その光景にアリナはぽかんと口を開けた。と同時に、悟った。二年前に初めて目にしたあの鎮魂儀の光の天井は、あれは遠くから見ていたから美しかったのだと。

「よかったな、アリナさん。これ見りゃ百年祭の五割を味わったと言っても過言じゃない。つまり、今年の百年祭は十割楽しめたってことだ」

「んなわけあるか‼」

ジェイドがなんだかうまい感じにまとめようとするのを遮り、我に返ったアリナはぎぎぎと歯を食いしばって明るい空を指さした。

「来年こそは……！　来年こそは百年祭全日程楽しんでやる……！　あの光に誓って……！」

「アリナさん鎮魂儀の光はそういうものじゃないのです」

「ねーもーいーじゃん二次会行こうぜ腕疲れたんだけどぉー……⁉」

口々言う白銀たちとともに、アリナは二次会に向かうべくギルドの宿舎へと歩き出した。鎮魂儀を見るため広場に集まっていた人々もばらばらと散っていく。中にはまだまだ飲み足りないとばかり吸い込まれるように酒場に入っていく者もいて、全く元気な奴らばかりである。

（これが……鎮魂儀……）

想像とかけ離れた光景に半ば呆れながら、アリナはぼんやりと考えた。

光閉瓶に込めた、シュラウドの魂に見立てた光。彼が死んでしまった現実は寂しいものだと、アリナはずっとそう思っていた。だから鎮魂儀で彼の魂を弔えば、何かちょっと変わるのかもしれないと、そう思っていたのだが。

(そもそも実際は、それほど寂しくもないのかもね)

最近はことさらそう思う。

きっと一人で鎮魂儀に出ていたら――受付嬢の残業にまみれながらむりやり参加して、一人であの立ち上る光たちを見ていたら、そうは思わなかっただろう。寂しさを噛みしめて、シュラウドの幻影を思い出して、ちゃんとしんみりしていただろう。

でも現実はどうだ。結局そこは騒がしくて、どこまでもしつこい仲間がいて、残業を増やしてくれる冒険者共が都合のいいことをのたまいながら馬鹿笑いしていたのである。

鬱陶しくて、腹立たしくて、おかげで少しもしんみりできないどころか、寂しいと思う暇さえない。

(そっか。私、寂しくないいんだ)

ふと、アリナは振り返り、夜闇の向こうへ消えつつある光を見上げた。

仕事は、所詮仕事だ。それ以上でもそれ以下でもない。自分の人生のための仕事。己の平穏のための定時帰り。きっとそれはこれからもアリナの最大最重要の目標であり、理想であり続けるだろう。

しかし、どうやら受付嬢という職に就いて、アリナは人生の安定と、給与と、大量の残業の他にも、得ていたものがあるらしい。

——誰かと一緒にいるのも、それほど悪くないのかもしれない。

ふと、アリナはそんなことを思って、少しだけ口元を緩めるのだった。

終

あとがき

こんにちは。お久しぶりです。香坂(こうさか)マトです。

一巻では残業描写が生々しすぎると社会人たちをざわつかせた本作二巻、いかがだったでしょうか。今回も私の実体験に基づく社会人あるある、残業あるあるを盛り込んでみました。

いやでも本当にあるんですよ！　今作のアリナさんのように、もう何ヶ月も前から楽しみにしているイベントが控えている時に限って突如押しつけられる上司からの仕事が！　押し寄せる残業が！　休日出勤が！　まるで狙い撃ちしたかのようなタイミングに心の中では「上司ぃいぃいぃいぃ!!」と怒りの咆哮(ほうこう)をあげつつ、笑顔で仕事を引き受けるのです。うぎぎぎ……。

言わずもがな、二巻にはそんな恨みもしっかり込められています。現実とは、社会とは、かくも思い通りにならないものなのかと……。でもあの日の恨みはアリナが盛大に晴らしてくれました。お祭り行けてよかったね、アリナさん。

とまあ恨み言はさておき、今回はルルリが頑張ってくれました。

本作をすでに読んでいる方は感じているかと思いますが、この作品はゲーム要素を意識した設定になっています。役割が決まっているタイプのものですね。

バチバチの物理でぶん殴る女の子の話を書いておいてあれですが、実際私はヒーラー系職業を選びがちな人間。何故かというと、まあど正直に言うなら、回復して仲間のピンチを救い「ありがとう」と言われたかったからです（下心だらけの汚い人間です）。

しかし実際ヒーラーをやってみると、〝仲間のピンチを救う〟ってめちゃくちゃ難しい。ボスの攻撃パターンを熟知するのはもちろん、味方の装備や行動からあらかじめどんな危険がありそうか想像し備えておかないと、仲間のピンチなんてそうそう救えるもんじゃなかったのです。難関ボスが相手ならたちまちパーティーは崩壊し、ゲームオーバーとなってしまいます。

そうなってくるとヒーラーはおもしろい！　己の知識と経験と（あと膨大なプレイ時間と課金額と）、全部を使って意地でも仲間を回復し、意地でも崩壊しかけたパーティーを立て直したくなってくる。もはや執念。ヒーラーとしてのプライドを持ってしまったが最後、目をギラギラさせて戦うこととなる職業なのです。今作では、そんなヒーラーにもスポットを当ててみました。お楽しみいただけたら幸いです。

さて、本作も担当編集の吉岡様、山口様には大変お世話になりました。そして一巻に引き続き超絶かわいいイラストを描いてくださったがおう先生、二巻を刊行・宣伝してくださった編集部の皆様、そしてなにより、ギルドの受付嬢二巻を手に取ってくださったあなたに。心から感謝を。現実は思い通りになりませんが、明日も頑張って生きましょう！

◉香坂マト著作リスト

「ギルドの受付嬢ですが、残業は嫌なのでボスをソロ討伐しようと思います　1～2」（電撃文庫）

本書に対するご意見、ご感想をお寄せください。

ファンレターあて先
〒 102-8177　東京都千代田区富士見 2-13-3
電撃文庫編集部
「香坂マト先生」係
「がおう先生」係

本書は書き下ろしです。

電撃文庫

ギルドの受付嬢ですが、残業は嫌なのでボスをソロ討伐しようと思います2

香坂マト

2021年7月10日　初版発行
2021年11月5日　3版発行

発行者　青柳昌行
発行　株式会社KADOKAWA
〒102-8177　東京都千代田区富士見2-13-3
0570-002-301（ナビダイヤル）
装丁者　荻窪裕司（META＋MANIERA）
印刷　株式会社暁印刷
製本　株式会社暁印刷

●お問い合わせ
https://www.kadokawa.co.jp/（「お問い合わせ」へお進みください）
※内容によっては、お答えできない場合があります。
※サポートは日本国内のみとさせていただきます。
※Japanese text only

※定価はカバーに表示してあります。

ISBN978-4-04-913871-9　C0193　Printed in Japan

電撃文庫　https://dengekibunko.jp/

電撃文庫創刊に際して

文庫は、我が国にとどまらず、世界の書籍の流れのなかで〝小さな巨人〟としての地位を築いてきた。古今東西の名著を、廉価で手に入りやすい形で提供してきたからこそ、人は文庫を自分の師として、また青春の想い出として、語りついできたのである。

その源を、文化的にはドイツのレクラム文庫に求めるにせよ、規模の上でイギリスのペンギンブックスに求めるにせよ、いま文庫は知識人の層の多様化に従って、ますますその意義を大きくしていると言ってよい。

文庫出版の意味するものは、激動の現代のみならず将来にわたって、大きくなることはあっても、小さくなることはないだろう。

「電撃文庫」は、そのように多様化した対象に応え、歴史に耐えうる作品を収録するのはもちろん、新しい世紀を迎えるにあたって、既成の枠をこえる新鮮で強烈なアイ・オープナーたりたい。

その特異さ故に、この存在は、かつて文庫がはじめて出版世界に登場したときと、同じ戸惑いを読書人に与えるかもしれない。

しかし、〈Changing Times,Changing Publishing〉時代は変わって、出版も変わる。時を重ねるなかで、精神の糧として、心の一隅を占めるものとして、次なる文化の担い手の若者たちに確かな評価を得られると信じて、ここに「電撃文庫」を出版する。

1993年6月10日
角川歴彦